시詩,
실컷들 사랑하라

〈개정증보판〉

· 섬시인 이생진 시선집 ·

시詩,
실컷들 사랑하라

이생진 지음

시를 읽는 그대에게

시는 사랑입니다.
사람과 자연에 대한 사랑이
시를 잉태할 수 있는 모태입니다.

시는 날개입니다.
원하는 곳으로 마음껏 날 수 있게
자유를 주는 상상의 마법입니다.

시는 밥입니다.
영혼을 승화시켜 주는
생명의 양식입니다.

정직하고 겸손하며 간절히 구하는 시인의 마음은
모든 종교와 철학과 이념을 넘어
삶의 본질에 대한 답을 얻을 수 있습니다.

들에 핀 풀꽃을 보고 아름다워하고
한 편의 시를 읽고 좋아할 만큼 키워진 사람은
행복한 사람입니다.

구름이 흐르는 하늘과 밤하늘의 별빛과
이름 모를 산새와 풀벌레 소리가
마음에 잔잔한 울림으로 느껴지는 사람은
우주를 품에 안은 사람입니다.

시는 쓰는 이의 삶이 용해되고 발효되어
시가 곧, 시인 자체로 상징될 수 있어야 합니다.

 읽는 이의 나이에 구분 없이 어린이도 이해할 수 있도록
시의 핵심을 이해하기 쉽고 철학적 사유가 깃들게
한 편의 시에 담는 것은 시인의 몫입니다.

우리의 미래이자 희망인 어린이부터 젊은이에 이르기까지
시詩가 마음에 생명과 사랑과 자유로 깃들기를 바랍니다.

삶이 그대들을 힘들게 할 때마다

분명, 시詩는 위로가 되고 치유가 되고

용기를 내어 나아가야 할 이유가 될 것입니다.

스스로 존재의 이유에 대한 회의가 올 때,

그대 내면의 소리인 시심詩心에 귀를 기울여 보세요.

시는 사랑과 자유와 생명의 다른 이름입니다.

2023년 6월 진흙모 잔칫날에

이생진

〈여는 시詩〉

30년

나는 네 앞에서
30년 후를 이야기 한 적이 없다

고작 생각한 것은
내일 아니면 모레
그것이 30년,
너와 나는 쫓겨 나온 것처럼
밖에 나와 있구나
그런데도 어쩌면
이렇게 반가우냐

내가 네 앞에서
너를 위해 쓰던 시를
30년,
그 후 멀리 떨어진 이 곳에서

또 한번
네게 줄 시를 쓰는 일은
너무나 과분한 행복이다

다시 코스모스 길따라
소나무 숲에 묻힌
교실에 들어가
〈언니의 陽地〉에
커텐을 달자

모두 모였구나

앞으로 30년 후는
생각치 말자
그 땐 내가 없거나
네가 없거나
이 세상은 남의 것이 된다
하지만 나는 네 이름을
저승에서도
한 번 더 부르고 싶다

꼭 그 출석부 가지고 오라

그 때 또 한 번

네게 줄 시를 쓰마

아마 그 시가

마지막 시일지도 모른다

－ 30년만에 만난 瑞山(서산)여고* 제자들을 위하여

1987. 5. 16 이생진 쓰다

* 瑞山여고 : 충남 서산에 위치한 여자고등학교. 1955년 개교

1957년 가르치던 서산여고 제자들의 스승의날 행사, 제주 다랑쉬시흔제에서 2013년 5월

* (사진 곽성숙)

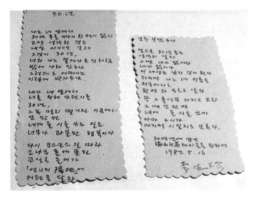

30년만에 만난 제자들에게 써 주신 시 '30년'(1987. 5. 16.)

시인 약력 및 이생진 시비거리

1929년 충남 서산에서 출생 성장하였고, 《현대문학》을 통해 김현승 시인의 추천으로 등단하였다.

1996년 〈먼 섬에 가고 싶다〉(1995)로 윤동주 문학상을, 2002년 〈혼자 사는 어머니〉(2001)로 상화尙火 시인상을 수상했다.

2001년 〈그리운 바다 성산포〉(1978)로 제주도 명예도민이 되었고, 2008년 '성산포문학회' 명예회원으로 위촉됐다. 2023년까지 41권의 시집, 산문집, 시화집 등 52권의 저서가 있다.

2009년 성산일출봉 인근 우도가 바라다보이는 오정개 해안가에 40여년간 사랑받고 있는 시집《그리운 바다 성산포》의 19편의 시와 함께 '이생진 시비거리'가 작은 공원처럼 조성되어 성산포가 제주도 올레1코스를 찾는 여행자에게 詩의 명소가 되고 있다.

제주 성산 오정개 해안의 이생진 시비거리

우도가 보이는 '이생진 시비거리'에서 시를 쓰시는 이생진 시인

차례

1
동심童心이 깃든 시詩

2
나의 곤충기

3
시인이 되려거든

4
사랑했다는 사실

5
시가 있는 곳

6
그리운 바다 성산포

동심童心이 깃든 시詩

1

두 살짜리 아이와
예순여섯 살짜리 아이

두 살짜리 아이하고

예순여섯 살짜리 아이가 동화책을 읽는다

두 살짜리 아이는 글자를 읽을 줄 모르고

예순여섯 살짜리 아이는 그림을 읽을 줄 모른다

두 살짜리 아이는 그림을 자세히 읽고

예순여섯 살짜리 아이는 글자를 듬성듬성 읽는다

곰돌이가 나비를 잡으려다 웅덩이에 빠지는 장면 앞에서

두 살짜리 아이는 금방 웃고

예순여섯 살짜리 아이는 무표정으로 책장을 넘겼다

두 살짜리 아이는 크면서 예순여섯 살짜리 아이를

멀리했다

《일요일에 아름다운 여자》(1997)

벌레 먹은 나뭇잎

나뭇잎이

벌레 먹어서 예쁘다

귀족의 손처럼 상처 하나 없이 매끈한 것은

어쩐지 베풀 줄 모르는 손 같아서 밉다

떡갈나무 잎에 벌레 구멍이 뚫려서

그 구멍으로 하늘이 보이는 것은 예쁘다

상처가 나서 예쁘다는 것은 잘못인 줄 안다

그러나 남을 먹여 가며 살았다는 흔적은

별처럼 아름답다

《일요일에 아름다운 여자》(1997)

종이새

우도 쇠머리 언덕에서
일출봉을 바라보며 종이새를 접었다
소망을 싸듯 종이새를 접었다
그리고 구름처럼 날려 보냈다
가다가 갈매기 되고
가다가 기러기 되라고
가다가 네 소망 내 소망 함께 타고
결국 마라도를 거쳐
어디로 갔나
마라도에 와서 종이새를 찾았다

《그리운 섬 우도에 가면》(2010)

낙엽

한 장의 지폐보다

한 장의 낙엽이

아까울 때가 있다

그때가 좋은 때다

그때가 때 묻지 않은 때다

낙엽은 울고 싶어 하는 것을

울고 있기 때문이다

낙엽은 기억하고 싶어 하는 것을

기억하고 있기 때문이다

낙엽은 편지에 쓰고 싶어 하는 것을

쓰고 있기 때문이다

그래서 낙엽을 간직하는 사람은

사랑을 간직하는 사람

새로운 낙엽을 집을 줄 아는 사람은

기억을 새롭게 갖고 싶은 사람이다

《산에 오는 이유》(1999)

쑥부쟁이

어쩌면 저것들은
없이 살아도 넉넉해 보일까
남의 집 돌담 밑에서 버린 햇살 먹고 살아도
탐스럽게 꽃을 피울까
지나가던 바람이 기특해서
머리를 쓰다듬어 주네

《서귀포 칠십리길》(2009)

바람 같은 손

— 우도에 가십니까 4

지나가는 배에서 손을 흔든다

등대 밑에 앉아 나도 흔들었다

바람 같은 손

구름 같은 인연

제비가 날갯짓하고 간다

바람 같은 손

구름 같은 인연

어어이 어어이

어디로 가느냐고

물어 볼 것도 없이

손을 흔들었다

《그리운 섬 우도에 가면》(2010)

염소하고 논 날

– 마라도 18

오늘은 뙤약볕에서 검은 염소하고 놀았다

왜 검은 옷을 입지 않았느냐 하기에

나도 검은 옷으로 갈아입고 놀았다

《먼 섬에 가고 싶다》(1995

염소와 등대

– 마라도 22

염소는 낮에 눈빛이 나고
등대는 밤에 불빛이 난다
둘이는 수평선을 번갈아 보다
낮에는 등대가 자고
밤에는 염소가 잔다

《먼 섬에 가고 싶다》(1995)

갈매기의 꿈

꿈은 갈매기가 꾸고

사람은 꿈의 힘으로 높이 난다

높이 날아야 멀리 볼 수 있다

독도의 갈매기

너는 높이 날 수 있어

바다가 넓은 줄 안다

바다의 높이

그것까지 볼 수 있으면

너의 눈은 혜안이 된다

그 눈으로 시를 쓰는 거다

《독도로 가는 길》(2007)

엄마와 소

– 여서도 17

소들은
네 마리 다섯 마리씩 그렇게 멍하니
바다를 보다가
사료를 지고 오는 할머니를 보면
어린애처럼 아주 어린애처럼 뛰어온다
억새밭을 지나 동백 숲길을
돌담 언덕을 지나 찔레꽃 논둑 건너
할머니가 오는 곳으로 뛰어온다
'엄마'
밥을 주는 이는 모두 엄마
'엄마'
이것은 한국어가 아니라
배고플 때 터져 나오는 생명의 언어다

《혼자 사는 어머니》(2001)

구름의 행복

구름이 집 짓는 것을 본다
구름이 그 집에서
행복을 누리는 것을 본다
먹어야 사는 이 세상에
먹지 않고 사는
구름을 본다

구름이 그 집에서 살다가
가는 것을 본다
있고 싶어서 있다가
있기 싫어서 떠나는 구름
구름이 그 집을
허무는 것을 본다

《산에 오는 이유》(1999)

우도에 오면

우도에 오면
소 되는 줄 알았는데
시인이 되었다
보리밭에 서서 바다를 보는
시인이 되었다

우도에 오면
풀 뜯고 밭 가는 소 되는 줄 알았는데
모래밭에 배 깔고 엎드려
시 쓰는 시인이 되었다

《그리운 섬 우도에 가면》(2010)

흰 구름의 마음

사람은
아무리 높은 사람이라도
땅에서 살다
땅에서 가고

구름은
아무리 낮은 구름이라도
하늘에서 살다
하늘에서 간다

그래서 내가
구름을 좋아하는 것은 아니다
구름은 작은 몸으로
나뭇가지 사이를 지나갈 때에도

큰 몸이 되어

산을 덮었을 때에도

산을 헤치지 않고

그대로 간다

《산에 오는 이유》(1999)

벗어 놓은 신발

여기서부터 신을 벗는다
누가 하자고 해서가 아닌데
신을 벗는다

엄숙해서가 아니고
거룩해서가 아니고
불편해서가 아니다
그저
자유롭기 때문이다

《우이도로 가야지》(2010)

그림으로 그린 시

가끔

걸어가다가

물론 맨발로 걸어가다가

시를 언어로 쓰지 않고

그림으로 쓰고 싶을 때가 있다

그땐 서슴지 않고 붓을 꺼내

그림을 그린다

아니 시를 그린다

아니 풍경을 그린다

아니 파도 소리를 그리지 못했다

아니다 그리지 못한 것이 아니라

그림 속에 있으니

현명한 귀로 그것까지 읽어라

붓은 책임질 수 없다고 한다

현명한 귀는 그것을 잘 읽어 나갔다

《우이도로 가야지》(2010)

새벽달

어디서 우는 소리가 나기에

자다가 뛰쳐나와 보니

새벽달이 울고 있다

새벽달이 야위었다

천고마비天高馬肥라는 가을에

너무 야위었다

달이 운다

배고파서 우는 것 같다

《우이도로 가야지》(2010)

콧노래

혼자 가는 길

콧노래 부르며 갔다

왜 그랬을까

세상을 걸어가다 보면

저도 모르게 나오는 노래

그곳이 진짜 살기 좋은 곳이다

《그리운 섬 우도에 가면》(2010)

공원에서 꽃을 훔치는 사람

4월은 사방에서 꽃 피는 계절

꽃을 만지고 싶고

꽃 가까이 코를 대고 싶고

꽃을 물어뜯고 싶어 하다가

꽃밭에 들어가 꽃을 훔치는 사람

내가 그것을 봐서 미안해 죽겠네

벌이 꽃밭에서 꽃가루를 훔치는 것은

밉지 않은데

아이가 꽃밭에서 꽃 그림 그리는 것은

밉지 않은데

시인이 꽃밭에서 시를 훔치는 것은

밉지 않은데

왜 그 사람이 꽃을 훔치는 것은 미울까

그 사람도 꽃을 거기 놔두고

꽃밭에서 꽃 그림을 그리는 걸 배웠으면 좋겠네

《골뱅이@이야기》(2012)

눈사람

산언덕 넘어가는데
누가 버리고 간 아기 눈사람
외롭다 보채기에
지팡이 세워 놓고
한참 놀다 가네

《어머니의 숨비소리》(2014)

달빛과 등대

－ 등대 이야기 54

달빛이 맑다

달빛에 끌려온 파도 소리에 발 담가 놓고

등대더러

너도 달빛에 발 담그라 했다

《외로운 사람이 등대를 찾는다》(1999)

나의 곤충기

2

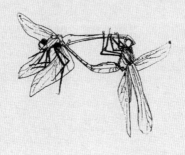

희망사항

− 곤충기 昆蟲記

나는 지금 사람이지만

악착같이 시를 써서

곤충이 될 거다

풀밭에서 찌르르 우는

곤충이 될 거다

《내 울음은 노래가 아니다》(1990)

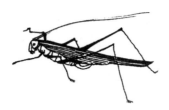

나의 곤충기

　따지고 보면 나도 벌레 출신인데, 나의 본능은 살아가면서 오염됐다. 윤리와 도덕 그리고 질서와 양심 교육과 교훈 서적과 강의 지시와 경고 등으로 오염됐다. 이제 나는 나의 솔직하고 순수한 나를 찾기 어렵다. 그 알뜰하고 간편한 본능을 내 몸뚱이에서 찾고 싶은데 알아볼 수 없을 정도로 퇴화되고 변질됐다. 그러나 아직 곤충에게는 내가 찾고 있는 본능이 그대로 남아 있어 다행이다. 그중에서도 食과 性의 본능도 좋지만 고독에 대한 본능은 더 매력적이다.

《내 울음은 노래가 아니다》(1990)

나와 벌레와의 관계

사과와 나는 같은 혈육이다

그러나 사과는 내게 먹힌다

더욱 놀라운 것은

벌레도 사과를 먹고 있다는 사실이다

벌레는 사과 속에서 먹고 입고 자기까지 한다

너무 평화스럽게 살고 있어서

쫓아낼 수가 없다

그렇다고 사과를 통째로 주기는 아깝다

알고 보니 벌레는 나보다 더 가까운 사이다

그때부터 나는 위축되기 시작했다

아니 저것이 나보고 벌레라고 부를 것 같다

도둑은 집이라도 남겨 두는데 저놈은

집까지 먹어 버리는 벌레라고 할 것 같다

《나를 버리고》(1988)

사람들의 식성

– 쇠똥구리

가끔 그리움처럼 떠오르는 것은

마른 쇠똥을 안고 가는 쇠똥구리

딱한 쇠똥구리의 식품

그에 비하면 사람의 식성은 변덕스럽다

한참은 추어탕이 제일이라더니

지금은 민물장어

우렁이에 개구리

간에 좋다고 굼벵이

암에 좋다고 지렁이

세상 것 다 잡아먹을 사람의 식성

남한강 강변은 아직 이월인데

개구리를 흔들어 깨운다

젊어서 초식이던 내가

고기 맛을 알고부터 불행해졌다

벌레도 육식을 하는 놈은 독종이더라

《내 울음은 노래가 아니다》(1990)

일개미에게 훈장을 주라

– 개미

산꼭대기에서 산맥끼리 손잡은 것을 보는데
왕개미가 바지 속으로 들어와서 내 고추를 잡아당긴다
시비를 걸려면 나와서 걸 일이지 바지 속으로 들어가서
물어뜯고 꼬집고 잡아당겼다 늦추고 늦췄다 잡아당기고
한참 그러다가 바지 밖으로 나와서 내 얼굴을 쳐다본다
내 고추를 꽃으로 봤는지 아니면 벌레로 봤는지
떼어 주면 가지고 갈 눈치다
'요것을 떼 가지고 가면 일등 공신이 되는데'
개미는 군침을 흘리며 또 나를 쳐다본다
내 고추를 떼지는 못했지만 개미 목에
노란 훈장 달아 주고 싶다

《내 울음은 노래가 아니다》(1990)

딱따구리의 공연

혼자 산길을 걷는데

딱따구리가 나무를 쫀다

그 소리가 하도 아름다워

가던 길을 멈추고 숨을 죽인다

딱딱한 나무를 저렇게 부드럽게 두들기니

저건 예술이야

저건 독주獨奏야

저건 예술의 전당에서 들어야 할 천혜의 음향

딱따구리도 저걸 예능으로 여길까

먹기 위해 두들기는 숟가락 장단?

고상하게 손뼉을 치고 싶다

그럼 날아가겠지

관객들은 예술의 극치라며 기립박수 할 텐데

그럼 날아가겠지

《섬사람들》(2016)

쇠똥과 쇠똥구리

– 마라도 41

쇠똥 태우던 시절은 가난했다

그러나 아직도

쇠똥구리는 쇠똥을 굴리고 싶어 한다

아니다 마라도에 쇠똥이 끊기면

쇠똥구리는 무엇을 굴리고 살까

쇠똥구리가 없어지겠지

한 민족이 없어지는 것 같다

《먼 섬에 가고 싶다》(1995)

호랑나비와의 인터뷰

– 우도에 가십니까 7

우도로 가는 배에 호랑나비가 올라탔다

인터뷰,

곤충에게 마이크를 들이대긴 처음이다

"우도에 가십니까?

호랑나비로 태어난 것을 만족하십니까?"

"······." 대답이 없다

"나비 중의 왕이신데, 이 기회에 한 말씀"

또 대답이 없다

언어가 통하지 않나 보다

아니 불길한 언어에 오염될까 봐 그러는 것 같다

나비는 인터뷰에 응하지 않았다

《그리운 섬 우도에 가면》(2010)

내일은 비
- 청개구리

〈내일은 비〉

오랜 가뭄 끝에

청개구리가 뽕나무로 올라간다

가장 믿음직한 소리로

〈내일은 비〉

스무 개의 알 덩어리를

나무 밑에 묻어 놓고 근심하던 끝에

비 올 거라며 터뜨리는 울음소리

그 슬픈 소리가 이상하게도

믿음직하다

〈내일은 비〉

우산을 준비해야지

밤 아홉 시 뉴스 시간에도 TV는

기상도를 그려가며 내일은 비라고 했지만

청개구리가 울었다는 말은 하지 않는다

나는 TV보다 청개구리를 믿는다

청개구리는 그 한마디를 위해 살고 있는

착한 시인

〈내일은 비〉

《내 울음은 노래가 아니다》(1990)

하루 더 살기

− 거미

응큼한 장소에 거미줄을 치고

하루살이 목숨을 앗았다 해서

거미줄을 북북 찢을 리 없다

교회당 추녀 밑 거미줄 사이로

종소리가 빠져나간 다음 뒤따라온 하루살이

거미줄에 걸려 하루를 마친다

하루를 더 살고 싶었던 하루살이

거미가 그것을 잡아먹고 하루를 더 산다

《내 울음은 노래가 아니다》(1990)

곤충의 죽음

－ 개똥벌레

그까짓 것 하고 짓밟지 말라

개똥벌레 하나 죽은 것이 뭐 그리 대단하냐고

그런 식으로 생명을 다루지 말라

개똥벌레가 네 죽음을 보고

그까짓 것 하는 날에는

너도 큰일 나는 날이다

《내 울음은 노래가 아니다》(1990)

겨울 이야기

– 개미와 베짱이

눈 오는 날 개미와 베짱이의 시를 쓰고 있다

아주 추운 날 오후 세 시 음력 십이월 그믐날

누가 문을 두드린다

낯선 사람이다

육십이 넘은 노인인데 수염이 얼었다

쌀이나 돈이나 동냥하러 왔다며 덜덜 떤다

집 근처는 부끄러워서 멀리 우이동까지 왔다는 이야기

나는 그의 언 손에 오백 원을 얹어 주고 문을 닫았다

개미와 베짱이

그럼 나는 개미란 말인가

아니 나도 베짱이다 아니 개미다

그러고 보면 개미만도 못한 놈

내 집은 개미집보다도 큰데

왜 들어오라 하지 않았을까

시는 사치스러운 귀걸이

나는 내 시를 숨기고 싶다

《내 울음은 노래가 아니다》(1990)

개미 연작시

개미 1

개미새끼 하나 없다는 말이 있다
얼마나 고독했으면

집단에서
하나하나
떠나든가
하나하나 모여서 집단을 이루든가

허나
나는
개미새끼 하나 없을 때가 좋다

개미 2

어디까지 갈 수 있어
가 보면 알아
언제까지 살 수 있어
살아 보면 알아

개미 3

너무 앞서가지 마
혼자 되면
힘들어

개미 4

당당하게 가는 거야
전사戰士들처럼
모이면 힘이 되지

뭉치면 살고 흩어지면 죽는다 했어

앞다리 맞추고

뒷다리 들고

하나 둘 셋

촉각을 세우고

당당하게

그게

蛾國*(개미 나라)의 이념이야

하나 둘 셋

《개미》(2019)

* 蛾國: 개미 나라(蛾: 누에나방, 개미)

꿈을 찾는 개미

소년은 바닷가에서 배초향꽃을 들고 잠이 들었다.
개미들이 그 꽃을 드나들던 길에 소년의 꿈속까지
드나들었다
개미들은 그곳에서 푸짐하게 대접받고
저희들도 꿈속에서 살고 싶어졌다
그때부터 개미들은 꿀을 찾지 않고 꿈만 찾아다녔다

《기다림》(2012)

곤충의 종교

곤충

그들은 산에 절을 세우지 않는다

병원도 없고 의사도 없다

일요일은 교회에 나가지 않는다

책을 끼고 다니는 일도 없다

모두 공부를 하지 않으니 얼마나 좋을까

나는 산에 오면 그런 것을 배운다

서울북한산'(1994)

씨를 뿌리는 어머니

– 벌레

정말 못생긴 벌레까지도
없었으면 하는 벌레까지도
지상에 있는 암컷은
모두 어머니이시다
살기 힘든 돌밭에서도
씨를 뿌리는 어머니이시다

《내 울음은 노래가 아니다》(1990)

한 마리

– 개미

사람의 겨울에 무슨 미련이 있을까

밖엔 눈이 내리는데

길 잃은 개미 하나

내 책상 위에서 방황한다

어디로 가겠다는 것인지

무엇을 찾겠다는 것인지

평생 글자와 씨름한 내가

그에게 보일 만한 글자가 없다

〈개〉자도 아니고

〈미〉자도 아니다

사람은 사람끼리

개미는 개미끼리

언제쯤 가야

사람과 개미

개미와 사람은 서로 인사라도 하고 지낼까

《내 울음은 노래가 아니다》(1990)

사랑이 생각날 때

– 나비

나비도 나를 보면 제 사랑이 생각날까

내가 바닷가에서 나비를 보면

옛날에 소식이 끊긴 소녀가 떠오르는데

나비도 나를 보면 그런 것이 떠오를까

나는 나비가 있어 그 애를 생각했다

나비가 없었으면 떠오르지 않았을 그 얼굴

그때 그 나비는 그 애였을까

십 년씩 이십 년씩 파먹고

눈동자만 남긴 그 얼굴

《내 울음은 노래가 아니다》(1990)

만나는 기쁨

– 노랑나비

네가 나비였으면 좋겠다

맹골도* 그런 외딴 섬에서

한 덩이 돌처럼 외로워질 때

나는 소나무 숲속에서 나오는 나비였으면 좋겠다

살그머니 애벌레 잠재우고

네 혼령만 내 곁에 잠자는

노랑나비였으면 좋겠다

날개에 묻은 송홧가루

내게 뿌리며 고독에서 깨어나라고

파도처럼 칭얼대는 나비였으면 좋겠다

《내 울음은 노래가 아니다》(1990)

* 맹골도: 전라남도 진도군 조도면 맹골도리에 있는 섬

미워하지 않는다

― 쇠똥구리

세상이 어디 큰 것들만 살라는 세상인가

소가 쓰러진 옆에 쇠똥이 질퍽하고

그것이 마르기를 기다리는 쇠똥구리

파리는 소의 코와 눈으로 모여들고

개미는 가슴 속으로 기어들고

잠자리는 뿔 위에 앉고

이것은 승리도 패배도 아니다

소와 쇠똥구리가 원수 질 까닭 없고

개미와 파리가 합자할 뜻도 없다

서로 미워하지 않을 뿐이다

《내 울음은 노래가 아니다》(1990)

흙을 잃었을 때
– 개미

흙을 잃은 개미가

흙을 찾아다니다가

63층 옥상 피뢰침까지 올라왔다

피뢰침은 구름에 꽂혀 있다

구름은 흙이 아니다

개미는 다시 내려가야 한다

엘리베이터로 내려갈까

아니면 비상계단을 이용할까

운 좋게 엘리베이터를 만났다

더욱이 일층에서 내린 것은 천만다행이다

그곳에서 강변까지는 한참이다

개미는 구름보다 흙을 좋아한다

개미의 천국은 하늘이 아니고 땅이다

그것을 사람들은 아직도 모르고 있다

《내 울음은 노래가 아니다》(1990)

시인이 되려거든

3

생자生子

– 살아서 시를 쓴다는 거

공자孔子

노자老子

맹자孟子

손자孫子

순자荀子

장자莊子

주자朱子

한비자韓非子

(가나다순)

나도 내 이름에 '子'를 달아 본다

'生子'

멋있다

생기가 돈다

저들에 비하면 아무것도 아니지만

유일한 생존자

이것이 특혜다

산 자에겐 고독이 있다

그 고독을 갈고닦아 시를 쓴다

얼마나 행복한가

生子!

나는 지금 시를 쓴다

《무연고》(2018)

* 자화상 이생진 작

섬방랑시인

해마다 여름이면 시집과 화첩을 들고 섬으로 돌아다녔다. 안면도 황도 덕적도 용유도 울릉도 완도 신지도 고금도 진도 흑산도 홍도 거제도 제주도 내나라도 외나라도 쑥섬 거문도……

이렇게 돌아다니며 때로는 절벽에서 때로는 동백 숲에서 때로는 등대 밑에서 때로는 어부의 무덤 앞에서 때로는 방파제에서 생활이 뭐고 인생이 뭔가 고독은 뭐고 시는 무엇인가 생각하며 물 위에 뜬 섬을 보았다.

그때마다 나는 섬이었다.
물 위에 뜬 섬이었다.

그러나 통통거리면 지나가는 나룻배 벙 벙 울며 떠나는 여객선 억센 파도에 휘말리며 만년을 사는 기암절벽 양지바른 햇볕에 묻혀 조용히 바다를 듣는 무덤, 이런 것들은 내 가슴을 시원하게 하는 낙원이었다.

그러고 보면 나는 살아서 낙원을 다닌 셈이다.

그 낙원에서 맑고 깨끗한 고독을 마실 때 나는 소리치고
싶었다.

그것을 시로 쓴 것이다.

　　　　　　　- 1993년 3월 13일 제주도 세화에서 이생진

　　　　　　　　　'이생진 시인 홈페이지'에서

한국의 섬 3215개 중에 유인도는 494개, 무인도는 2,721
개다. 그동안 1,000여 개의 섬을 가고 또 갔으니 안 가 본 유
인도가 없고, 웬만한 무인도도 그의 발길이 스치지 않은 곳
이 없을 정도다.

《세계일보》 편완식이 만난 사람 - '섬방랑시인' 이생진(2012.7.30.)

섬으로 가는 길

너만 기다리게 했다고 날 욕하지 마라
나도 보이지 않는 곳에서 너만큼 기다렸다

시인이 되려거든

시인이 되려거든
한 줄의 시를 쓰기 전에
들에 핀 이름 없는 꽃을 사랑하라
그리고 네 옆의 여인을
시보다 더 깊게 사랑하고
평생의 시보다 더 따뜻한 손으로
어루만져 주라

시인이란 사랑받기보다
사랑하느라 고달픈 사람
그래서 신은 그를 시켜
사랑을 노래하게 했는지도

《시인의 사랑》(1997)

나의 섬 여행과 시인의 자유

나는 나의 섬 여행이 남의 눈에 바캉스로 비치는 것을 싫어했다. 물론 낭비가 있어서는 안 되고 방탕이 되어서도 안되었다. 나만의 고집스러운 문학 수업이요, 시를 위한 고행이었으니까. 그리하여 여행에서 얻어지는 것은 모두 기록으로 일관했다. 그 기록은 산문이 아니고 시였다. 그런 태도가 세월이 가면서 가족들을 설득해 낸 것이다. 이해시키며 묵묵히 밀고 나간 데서 얻어진 결과다.

– 〈거문도〉 중에서 발췌

사람은 아무도 자기 생명을 학대해서는 안 된다. 특히 천혜의 창조력을 지닌 사람들은 자기 삶도 예술작품처럼 소중히 관리해야 한다. 내 몸을 건강히 하고 오래오래 어려움을 극복해 가며 좋은 시를 쓰는 것이 시 쓰는 이의 의무일 것이다. 그 의무를 이행하기 위해 시인은 시인 특유의 자유를 누릴 권리가 있는 것이다.

– '어서도' 시인 김만옥에 대한 글 중에서 발췌

《걸어 다니는 물고기》(2000)

시 읽는 재미

아무리 못 쓴 시라도

꼭꼭 씹어서 읽으면 제맛이 난다

내 시에는 내 맛이 나고

네 시에는 네 맛이 난다

그 맛 때문에 깊은 밤 고독을 밝히며

시를 읽고 시를 쓴다

너도

시를 읽어라

내 맛이 날 때까지 읽어라

읽고 또 읽어라

내 맛이 나지 않거든 버려라

미안하지만

내 시에서 땀 냄새가 날 때까지 읽어라

내 시에서 눈물이 날 때까지 읽어라

땀과 눈물이 나지 않는 시는

읽지도 말고 쓰지도 말라

《섬 사람들》(2016)

눈 오는 날 시를 읽고 있으면

시 읽는 건 아주 좋아

짧아서 좋아

그 즉시 맛이 나서 좋아

'나도 그런 생각하고 있었어'

하고 동정할 수 있어서 좋아

허망해도 좋고

쓸쓸하고 외롭고 춥고

배고파도

그 사람도 배고플 거라는 생각이 나서 좋아

눈 오는 날 시를 읽고 있으면

누가 찾아올 것 같아서 좋아

시는 가난해서 좋아

시 쓰는 사람은 마음이 따뜻해서 좋아

그 사람과 헤어진 뒤에도

시 속에 그 사람이 남아 있어서 좋아

시는 짧아서 좋아

배고파도 읽고 싶어서 좋아

시 속에서 만나자는 약속

시는 외로운 사람과의 약속 같아서 좋아

시를 읽어도 슬프고 외롭고

시를 읽어도 춥고 배고프고

그런데 시를 읽고 있으면

슬픔도 외로움도 다 숨어 버려서 좋아

눈 오는 날 시를 읽고 있으면

눈에 파묻힌 집에서 사는 것 같아서 좋아

시는 세월처럼 짧아서 좋아

《소리봉 축제》(2000)

가난한 시인

가난한 시인이 펴낸 시집을

가난한 시인이 사서 읽는다

가난은 영광도 자존도 아니건만

흠모도 희망도 아니건만

가난을 시인의 훈장처럼 달아 주고

참아 가라고 달랜다

저희는 가난에 총질하면서도

가난한 시인보고는

가난해야 시를 쓰는 것처럼

슬픈 방법으로 위로한다

아무 소리 않고 참는 입에선

시만 나온다

가난을 이야기할 사이 없이

시간이 아까워서 시만 읽는다

가난한 시인이 쓴 시집을

가난한 시인이 사서 읽을 때

서로 형제처럼 동정이 가서

눈물이 시 되어 읽는다

《바다에 오는 이유》(1992)

詩를 훔쳐 가는 사람

'○○ 시인님
詩 한 편 훔쳐 갑니다
어디다 쓰냐구요?
제 집에 걸어 두려고요'

얼마나 귀여운 말인가
詩 쓰는 사람도
詩 읽는 사람도
원래는 도둑놈이었다

세상에 이런 도둑놈들만 들끓어도
걱정을 않겠는데
詩를 훔치는 도둑놈은 없고
엉뚱한 도둑놈들이 들끓어 탈이다

내 詩도 많이 훔쳐 가라
하지만 돈 받고 팔지는 마라

세상은 돈 때문에 망했지

詩 때문에 망하지는 않았다

　　　　－ café.daum.net에서 내가 다시 훔쳐 온 시 / 이생진

도둑맞은 시

나는

우연히 café.daum.net를 클릭하다가

내 '詩를 훔쳐 가는 사람'을 만났다

그 사람 나를 보고 머리 숙이는데

나는 훔쳐 가는 그 시를

다시 훔쳐 읽었다

시는 서로 훔치는 것

나는 그 시를 어디서 훔쳤더라

'이생진 시인 홈페이지'에서(2011.1.13.)

여행 중 1

여행이란 심심하기 위해 하는 거

여행이란 아무리 잘해도 적자라는 거

그걸 따지지 않는 사람일수록 여행은 흑자다

혼자 출발한 사람이

둘이 돌아왔을 경우 실패한 여행일까

성공한 여행일까

혼자 출발해서 혼자 돌아와야

다음 여행도 혼자 할 수 있다

혼자 하는 여행에 열매가 많다

《서귀포 칠십리길》(2009)

인사동

서울에서 내가 가장 좋아하는 곳은 인사동 거리입니다

진열장에 진열된 골동품보다 전시장에 방금 전시된

미술 작품 때문입니다

그들은 새로운 얼굴로 시를 이야기해 줍니다.

시를 쓰려면 시와 맥을 같이하는 것들을 자주 만나야 합

니다

시인에게 있어

산책

배회

여행

방황

방랑은

사치가 아닙니다

이들을 사치라고 배격하면

시는 존재할 수 없습니다

'이생진 시인 홈페이지'에서(2004.7.4.)

나의 귀천歸天

나는
하늘에서 오지 않았으니
돌아갈 하늘이 없다만
천상병이 지상에 있을 때
시 쓴 공로로 하늘로 돌아갔으니
나도 하늘로 갈 수는 있으리라
그러나
나는 시 쓰는 동안 하늘에 있었으니
더 이상 하늘에 있을 이유가 없다

《인사동》(2006)

그 사람이 보고 싶다

(시인의 과제)

우선 너의 과제는 이거다

너는 너를 얼마나 너이게 할 수 있느냐 이거다

명예를 위해서가 아니라

위신을 위해서가 아니라

영웅을 위해서가 아니라

경력을 위해서가 아니라

너는 너를 위해서 얼마만큼의 너를 누릴 수 있느냐 이거다

연결로부터의 자유

기존으로부터의 자유

명命의 이기利器로부터의 자유

윤리와 도덕으로부터의 자유

철학과 종교로부터의 자유

그건 일탈이다 고행이다 탈락이다

그건 이기利己다

나는 극도로 독이 오른 그 사람이 보고 싶다

'이생진 시인 홈페이지'에서(2006.12.15.)

김영갑* 생각

그대는 가고 '숲속의 사랑'은 다시 세상에 나와

바람과 햇살 사이로 그대가 걸어오는 듯 나뭇잎이 흔들리네.

물안개가 시야를 가리던 어느 날, 날더러는 감자밭에서 시를 쓰라 하고

그대는 무거운 사진기를 짊어지고 사라졌지.

나는 오도 가도 못하는 오름길에서 이슬비를 맞으며 찔레꽃을 보고 있었고,

시는 무엇이며 사진은 무엇인가.

나는 시로 사진을 찍지 못했지만 그대는 사진으로 시를 찍고 있었던 거야.

그런 생각을 하며 오늘도 오름에 올라가 그대의 발자취를 읽고 있네.

- 2010년 이른 봄 용눈이오름에서

《숲속의 사랑》(2010

---

* 김영갑(1957~2005): 사진작가, 제주도 두모악에 김영갑 갤러리가 있다.

시詩와 예禮

– 공자가 아들에게 물었다는 말

많이 들은 말인데 들은 만큼 알아들은 사람은 없는 것 같다
공자가 아들에게 했다는 말

시詩를 배웠느냐와 예禮를 배웠느냐는 말
시를 배우지 않고는 남과 더불어 말할 수 없고
예를 배우지 않고는 세상에 나서서 행사할 수 없다는 말

물론 오늘의 시가 그만큼 단단하냐 물었을 때
선뜻 대답하기 어렵지만
내가 시와 살아 본 경험으로는 그래도 시가 있었기에
나로 하여금 나로 살게 했고
공자가 묻지 않아도 내가 묻고 대답하기 어려움이 없다
이제 시의 맛을 알고
시의 고마움을 알 만하다

《무연고》(2018)

섬에 가거든 바람을 이해하라

자연과 사귀면서 나빠진 사람 있을까? 산과 만나서 악(惡)을 속삭인 사람 있을까? 바다와 만나 성질이 포악해진 사람 있을까? 사람이 나빠지는 것은 자연하고 만나서 그런 것이 아니라, 사람과 사람이 만나서 그렇게 된 것이다. 사람도 좋은 사람과 만나면 좋은 영향을 받게 되고 악한 사람과 자주 만나면 악한 사람이 되는 것이 사실이다.

자연은 정직의 대명사다. 산이 거짓말을 하는 것 봤느냐. 바다가 나쁜 짓을 함께하자고 유혹하는 것을 봤느냐. 구름이 남의 집 담을 넘자고 하더냐. 자연은 거짓말하지 않는다. 거짓말하는 것은 사람밖에 없다. 먹고 마신 빈 깡통과 빈 병을 슬그머니 나무 밑에 숨긴다. 이때 나무가 내려다보고 웃는다. 사람이 깨끗한 척해도 산(生) 나무만큼 깨끗할까. 그 깨끗하고 정직한 나무 밑에 빈 그릇을 숨기려는 것은 자연을 무시하는 짓이요 자기 양심에 진흙을 바르는 짓이다. 신이 보는 것이 아니라 나무가 보는 것이다. 나무는 신이 보낸 파수꾼이다.

산에서는 나무가 왕이지만 섬에서는 바람이 왕이다. 바람을 잘 알아라. 바람을 지혜를 인정해야 네 마음의 배도 순항할 수 있다. 자연은 너의 친구요 스승이요 신이 보낸 사자다. 자연을 이해하고 사랑하는 버릇은 책에서 오는 것이 아니라 체험에서 온다. 산에 가거든 나무를 이해하려고 하고 섬에 가거든 비람을 이해하려고 해라. 그 출발이 여행이다. 여행은 너를 따라다니며 가르쳐 주는 평생의 스승이요 동반자다.

《아무도 섬에서 오라고 하지 않았다》(2018)

미쳐야 한다

미쳐야 한다

그림 그리는 사람

그림에 미쳐야 하고

시 쓰는 사람

시에 미쳐야 한다

배에서 쪼르륵 소리가 날 때까지

미쳐야 한다

그렇지 않고서는

그림에서도 시에서도

쪼르륵 소리가 나지 않는다

소리 없는 그림은 죽은 그림

소리 없는 시는 마른 나뭇잎

살아서도 죽어 사는 것

그것처럼 처량한 것 어디 있느냐

살아서 소리 나야 한다

살아서 숨소리 나야 한다

《나를 버리고》(1988)

미쳐 보자. 나는 섬에 오면 혼자서 '미쳐라, 미쳐라' 한다. 온종일 바다에 미치고 파도에 미치고 수평선에 미치고. 세상은 미칠 줄 아는 자에게 아름답다. 여행에 미친 사람, 그림에 미친 사람, 음악에 미친 사람, 춤에 미친 사람, 봉사에 미친 사람, 그 사람은 살 줄 아는 사람이다.

하지만 미친다는 것이 그리 쉬운 일은 아니다. 병으로 미치는 것이 아니라 고행과 인내로 혹은 수련과 실천을 통해서 성숙하는 과정, 그 과정을 통해서 얻어지는 '광기', 그거야말로 인생의 진주다. 이것을 알기까지는 다소 세월이 걸린다. 세상은 처음부터 아름다운 것이 아니니 오래 참고 견디며 미쳐 보라. 이건 딱딱한 말이지만 미칠 때에 가서야 부드러워진다.

《아무도 섬에서 오라고 하지 않았다》(2018)

통하는 것

    사람과 사람이 말이 통한다는 것은 가장 통하는 것 중에 가장 하급에 속하는 교류다.

    사람과 나무, 사람과 짐승, 사람과 곤충이 통하는 것은 중급에 속하는 교류다.

    사람과 신이 통하는 일, 이것은 상급에 속하는 교류 형태라 할지도 모른다.

    시인은 사람과 사람이 통하듯 사람과 곤충과 짐승이 나무와 통하듯, 사람과 신이 통하듯,

    하나도 빼놓지 않고 모든 것과 통한다. 그래서 나는 시 앞에서 무릎을 꿇는다.

《아무도 섬에서 오라고 하지 않았다》(2018)

시와 산문

산문이 필요치 않다. 시 따로 산문 따로 쓴다는 것은 번거롭다. 그래서 어쩌면 내 시는 산문 같고, 내 산문은 시 같을지도 모른다.

나는 시 하나로 족했다. 아니 시 하나만으로도 세상을 기록하는 데 부족이 없다. 지금 산문을 쓰고 있는 이 순간에도 나는 시를 쓴다고 여기지 산문을 쓴다고 여겨지지 않는다.

나의 방랑은 시이지 산문이 아니기 때문에 그렇다. 나에겐 산문시대가 없다. 내 생生이 경이롭듯 내 탐방도 경이롭다. 그 경이를 담는데 산문은 지루하다.

지금 내 세상은 시의 세상이다. 그와 마찬가지로 이 세상을 산문이나 소설로 살아가고 싶지는 않다.

시로 살아가고 싶다.
나는 탄생부터가 시였다.
삶도 시요 죽음도 시다.
그리고 내가 소멸한 먼 후일에도
내 잠적은 시다.

《아무도 섬에서 오라고 하지 않았다》(2018)

별을 보면 시가 보인다

하늘을 못 보는 불행. 이것은 심각한 불행이다. 하늘이 없는 서울에서 별을 본다는 것은 동화 속의 이야기 같다. 별을 못 보는 가슴에서 무슨 정서가 나올 것인가. 이것이 서울 사람들의 불행이다. 섬에서는 변소만 나가도 보이던 별, 이장네 갔다 돌아올 때 보이던 별, 그것이 서울에서는 보이지 않는다면 이건 큰 사건이다.

사람이 많은 서울에서 사람이 보이지 않는 것도 무엇인가 잘못된 일이다. 그렇게 많은 교육비를 들여가면서도 담임 선생님 이름이 잘 외워지지 않는 것도 어딘가 잘못이 있기 때문이다.

이것은 밤에 별을 못 보는 데서 온 정서 결핍증이다. 자기 가슴에 키우는 별이 없기 때문이다. 그래서 도시에 인간 상실과 인간 부재가 속출하는 것이다.

그런데 섬에 오면 그렇지 않다. 별이 보이고 사람이 보이고 꽃이 보이고 곤충이 보이고 새가 보인다. 그것은 하늘에 별이 있기 때문이다. 별을 보면 그 사람이 보인다. 하늘이 맑으면 사람의 마음도 맑아지기 때문에 어머니의 얼굴도 아버지의 얼굴도 누나의 얼굴도 맑게 보이는 것이다. 그리운 사람의 얼굴이 보이는 사람의 눈에는 시가 보인다. 별이 보이는 자의 눈에는 시가 보인다.

《아무도 섬에서 오라고 하지 않았다》(2018)

다른 시인

거문도에 가다가 또 다른 시인을 만났습니다

시를 한 지 얼마나 됐습니까?

추천은 받으셨나요?

문인협회에 드셨나요?

문학상은?

머리를 흔들기만 할 수 없어 입을 흔든다

"이제 막 시작했습니다

그리고 떠돌았습니다

밑창이 닳도록 걸었습니다

시는 소나무 뿌리처럼 질긴 목질이었습니다"

《저 별도 이 섬에 올 거다》(2004)

시비詩碑 1

– 성산포 오정개 시비거리

누가 시비 걸 것 같애
'왜 산 녀석 시비가 거기 섰냐'고
그래서 몰래 혼자 가 봤지
수선화 하나 점자點字를 더듬듯

'술은 내가 마시는데
취하긴 바다가 취하고'

손가락으로 읽는 시
앉으면 술 생각나는 자리
시비 걸 것 없이 목로로 써도
넘치는 술잔
너무 시적이어서

'이생진 시인 홈페이지'에서(2010.1.)

시가 안 된다

내 몸에 너무 살이 찌면
시가 안 된다
은행에 자주 드나들면
시가 안 된다
화려한 식당에 산적된 음식 앞에서는
시가 안 된다

내 양심이 썩어서
너무 썩어서 흙도 싫어할 때
시가 안 된다
술에 너무 빠져서 나를 잃을 때
시가 안 된다

《나를 버리고》(1988)

나의 도島는 나의 도道다

94세!

이 나이에도
밖에 나가 뛰어놀고 싶으니 탈이다

섬으로 가자
배 타고 울릉도로 들어가
나리분지쯤에서 하늘을 보자
나의 길은 하늘에 있으니까

지금 나는 죽도와 관음도가 보이는
석포 둘레길 깊은 산속에 와 있다

죽도도 관음도도 꼼짝 않는다
나도 섬처럼 꼼짝 않고 있다

생도生島!
그게 나다

'이생진 시인 홈페이지'에서(2022.7.19.)

김시습

나는 혼자라야 한다

혼자라야 너를 더 많이 생각할 수 있어

언제고 혼자 떠나고 혼자 돌아온다

낙엽을 밟으며 너를 생각한다

낙엽에 쓰러져 구름을 보는 버릇

아무 데나 쓰러져도 되는 내 등허리

이런 글은 구르몽*의 〈낙엽〉도 좋지만

역시 북한산의 김시습(金時習)**이 좋다

마흔 일곱의 총각을 불러다가

낙엽에 나란히 누워 구름을 보고 싶다

구름은 나이를 먹지 않으니

세월을 겁낼 필요가 없다

시습이 북한산 산행 삼년

나는 북한산 산행 이십 년

시습이 오솔길을 좋아하고

나는 오솔길에 핀 노란 양지꽃을 좋아한다

시습이 짚신을 신고

나는 헌 등산화

무엇을 나눌까 나눌 것이 없어

한참 구름만 보다가

"도는 원래 무명이라 했거늘

애써 조작할 필요가 있을까(道本無名豈假成)"

이는 김시습의 시

"나는 도도 수양도 아니올시다

우이동에 사는 인연으로 산에 오를 뿐"

그는 서릿발 밟으며 산 넘어가고

나는 바윗돌 밟으며 내려온다

'서울북한산'(1994)

*   구루몽(Gourmon't. Remy de. 1858~1915): 프랑스의 시인 , 평론가

**   김시습(金時習, 1435~1493) : 21세 때 수양대군이 단종을 쫓아내고 왕위에 올랐다는 소식을 듣고 나서 문을 닫고 3일이나 통곡하였으며, 세상을 비관하여 책을 불사르고 중이 되어 방랑하였다. 그는 북한산 중흥사(重興寺)에서 3년을 보냈다.

반 클라이번 3관왕 임윤찬

미국 텍사스 포트워스에서 열린

제 16회 반 클라이번 콩쿠르에서

역대 최연소 우승자로 국내외에 낭보를 전한

피아니스트 임윤찬

18세

그의 노력?

그의 도취?

아니면 그만의 신드롬?

하루 12시간 연습을 여러 해

꿈이라면 산에 들어가 피아노와 사는 거

쉬는 시간엔 헬만 헤세의 〈데미안〉을 읽고

법정 스님의 〈무소유〉를 읽고

단테의 〈신곡〉을 읽고

단테의 〈신곡〉은

책이 나오는 대로 읽어

달달 외울 정도라니

그러니 뜻이 이뤄지는 것은 당연한 일

이런 시를 써놓고 나도 남은 시간에

뭘 할까 하다가 잠이 들었다

'진흙모 251회 모꼬지'(2022. 9. 30.)

산책길에서

― 똥과 담배연기와 시와

아침 이 시각은
가장 깊이 있는 속을 꺼내고 싶은 시각이다

개는 똥을 꺼내고
골초는 속타는 연기를 꺼내고
나는 시를 꺼내고

앞서가던 개가 똥을 누고
따라가던 골초가 담배를 입에 물 때
나는 골초 뒤를 따라가며 코를 막았다
이 시각은 그렇게 민감한 시각이다

개는 똥을 누고 꼬리를 흔들고
골초는 꽁초를 던지고 침을 뱉는다
그 순간 나는 시를 쓰다가 개똥을 밟았다
똥 묻은 발로 꽁초에 남아 있는 불씨를 끄다가

나는 시를 놓치고 말았다

'이생진 시인 홈페이지에서'(2015.11.5.)

사랑했다는 사실

4

실컷들 사랑하라

실컷들 이야기하라 입이 있을 때
죽은 뒤에 내 유해에서
입술이 뛰겠니

실컷들 걸어라 다리가 있을 때
죽은 뒤에 네 발에서
티눈이 생기겠니

실컷들 사랑하라 가슴이 있을 때
죽은 뒤에도
네 사랑 간직할
가슴이 있겠니

《바다에 오는 이유》(1992)

진정으로 내가 사랑하는 것은 사람이지 시는 죽어도 아니다. 한 번도 시 때문에 사람을 희생하려 하지는 않는다. 사람 때문에 시의 희생을 수없이 하더라도…. 시는 사람과 꼭 같이 존립하는 것이기 때문에 사람이 없는 곳엔 시도 낳지 않는 것을 어찌하랴? 그래서 도리어 시도 사람처럼 꼭 같이 사랑하게 된다.

좀 더 인생의 골수까지 파고드는 시

좀 더 온 삭신이 약동하는 시

좀 더 말하는 시

이생진 시인께서 직접 만드신 첫 시집 《산토끼》(1955) 서문에서

널 만나고부터

어두운 길을 등불 없이도 갈 것 같다
걸어서도 바다를 건널 것 같다
날개 없이도 하늘을 날 것 같다

널 만나고부터는
가지고 싶던 것
다 가진 것 같다

《시인의 사랑》(1997)

　시인이란 평생을 두고 사랑에 열중하는 사람이다. 시에
있어서 사랑은 너무나도 크고 아름다운 것, 시를 쓰는 첫째
이유도 사랑 때문이다. 이 시의 대상은 물론 그리운 여인이
다. 그러나 전부 여인으로 표현되지는 않았다. 시인에게는
산도 바다도 꽃도 나비도 여인이니까. 그래서 시인은 사랑
에 너무 욕심이 많은 사람인가 보다.

《시인의 사랑》(1997) 머리말에서 발췌

사랑은 주는 것

사랑은 언제나 주는 것

주고 받지 못했다고

이맛살을 찌푸리면

사랑은 숨을 거두는 것

화답이야 있건 없건 쓰는 것

고운 사연이 봉투 속에서

꽃이 되고 향료 되어

나비들이 집배원 가방 속으로

연달아 드나들게끔

곱게만 써야 하는 것

《시인의 사랑》(1997)

사랑아 인색하지 마라

― 서시序詩

태어나 시를 쓰는 일은 예사로운 일일 수 있어도

태어나는 일은 예사로운 일이 아니다

태어나고 싶다고 태어나는 것이 아니니

탄생과 성장에 총을 겨누지 마라

태어나 사람을 만나고

그 사람에 관한 이야기를 들었을 때

가장 가까이하고 싶은 사람이 있어

아름다운 꽃을 보았을 때처럼 화첩에 담고

외로운 섬에 들렀을 때처럼 손을 내밀어

시를 쓰는 일은 내가 택한 일이긴 하지만

그 때마다 기쁨에 젖어 잠 못 이룬다

윤민순

그는 외딴 섬에서 혼자 사는 어부요

황진이

시 때문에 잊혀지지 않는 여인이고

김삿갓

역경에서도 굴하지 않고 시와 살아간 방랑 시인이요

빈센트

살아서는 불행했지만

그림 때문에 행복을 누린 화가요

피카소

살아서나 죽어서나 복이 많았던 화가다

하지만

사람은 살았을 때보다 죽은 후가 더 고독해 보이니

이상한 일이다

사람아 살아서나 죽어서나 사랑하는 일에 인색하지 마라

그게 사람의 예술이다

㈜ 나는 내가 가장 좋아하는 시인 황진이와 김삿갓에 관한 연작시를 쓰고,

지금은 빈센트와 피카소에 관한 연작시를 쓰는 중이다.

다 쓰고 갈지 의문이나 우선 시작해 놓고 보자는 뜻에서 이런 서시를 쓴다.

'이생진 시인 홈페이지'에서(2006.11.18.)

숲속의 사랑 연작시

숲속의 사랑 1

바람과 햇살이

숲속에서 만나듯

숲속에서 만난 사랑

행복하여라

바람과 햇살처럼

행복하여라

숲속의 사랑 3

새벽부터 기다리는

사랑 때문에

내일이 필요한 것

사랑이 없으면

내일이 무슨 소용인가

숲속의 사랑 4

뛰고 싶어라

나랑 나랑 손잡고

뛰고 싶어라

꽃향기 밟으며

뛰고 싶어라

지평선 너머까지

뛰고 싶어라

숲속의 사랑 5

한번 태어나

한번 가면 그만인 길

사랑이 있어야 꽃 피고

열매 맺는데

사랑 없이 어떻게

혼자서 가나

숲속의 사랑 15

어둠에 쫓기던 사랑의 빛

다시 사랑에 쫓기는 어둠을 보면

사랑은 어디서나 승리의 빛

사랑은 어디서나 승리의 기쁨

《숲속의 사랑》(2010)

사랑했다는 사실

사랑에 실패란 말이 무슨 말이냐

넓은 들을 잡초와 같이

해 지도록 헤맸어도 성공이요

맑은 강가에서

송사리 같은 허약한 목소리로

불러 봤다 해도 성공이요

끝내 이루지 못하고

혼자서만 타는 나무에 매달려

가는 세월에 발버둥 쳤다 해도 성공이요

꿈에서는 수천 번 나타났다

생시에는 실망의 얼굴로 사라졌다 해도 성공이니

기뻐하라

사랑했다는 사실만으로 기뻐하라

《시인의 사랑》(1997)

행복한 사람

날 때부터
손바닥에 사랑이 있는 사람은
행복한 사람

종달새처럼
사랑 때문에 새벽부터
하늘로 날아가는 사람은
행복한 사람

노랑나비처럼
사랑 때문에 푸대접받아도
꽃에서 잘 수 있는 사람은
행복한 사람

다람쥐처럼
사랑 때문에

산에 가서 돌아오지 않은 사람은

행복한 사람

오늘 사랑이 있어

미래도 모르고 오늘만 사는 사람은

행복한 사람

《시인의 사랑》(1997)

떠나던 날

떠나던 날

구름은 수채화처럼

가볍고

나는 해변에 조가비처럼

남아 있고 싶었다

물 밀려올 적마다

발밑까지 따라와

밟히고 싶어 하던

치맛자락

정든 여자만큼이나

떼어 놓기 어려워

나는 빙빙 바닷가만

돌았다

《기다림》(2012)

생명에 물을 주듯

꽃을 꺾어 꽃병에 꽂아 놓고
뿌리를 달고 있을 때보다
더 오래 살아 달라고
빌고 있는 사람은 아니겠지

생명은 생명이 눈을 뜰 때부터
그런 식으로 사랑받기를 싫어하는데
순이를 사랑할 때에도
그런 식으로 사랑해서는 안 되는데
더욱이 순이의 몸에 손을 댈 때에도
그런 식으로 손을 대서는 안 되는데

사랑이란 뿌리를 다칠까 봐
삽질을 그만두고
손톱이 닳도록
손으로 어루만지는 거지

《시인의 사랑》(1997)

네 손을 잡을 때

내 손이 네 손을 잡았을 때
내가 어디까지 왔는지
너는 알아야 한다

내 손가락이 네 손바닥에
글을 썼을 때
너는 그 글에서
사랑의 편도를 알아야 한다

내 손은 네 손의
육신만을 만진 것이 아니라
네 손의 영혼까지
만졌다는 사실도 알아야 한다

《시인의 사랑》(1997)

있었던 일

사랑은 우리 둘만의 일
없었던 것으로 하자고 하면
없었던 것으로 돌아가는 일

적어도 남이 보기엔
없었던 것으로 없어지지만
우리 둘만의 좁은 속은
없었던 일로 돌아가지 않는 일

사랑은 우리 둘만의 일
겉으로 보기엔 없었던 것 같은데
없었던 일로 하기에는 너무나 있었던 일

《시인의 사랑》(1997)

네 가슴에 나비

이 가슴에 훈장 하나 매달려 있지 않은데도
사랑해서 기쁘다
사랑은 훈장으로 당할 수 없는 전적
사랑을 빼앗겼을 때
어떤 훈장의 박탈로도
그 아픔을 비교하진 못한다

네 가슴에 꽃보다
산 나비 하나 달아 줄까
항상 고독으로 무너지던 네 가슴에
살아 있는 별 하나 달아 줄까

실망이 등불을 끄면
그 별 따라 별나라로 가라고
별 하나 달아 줄까

《시인의 사랑》(1997)

아내의 얼굴 1

– 프로필, 1962

결혼하던 날 밤

윤성희*라 부르기 어려워

천사라 부를까

아내라 부를까

망설이다 날이 샜어요

머리칼

하나라도 놓칠까 두려워

당신의 눈보다 크게 뜨고 그렸어요

당신의 눈에 화살이 꽂힐 때

소리치던 행복을 그렸어요

남들이 보면 흉볼까 봐

숨소리 삼키며 그렸어요

* 윤성희(1929~2013): 원석연 화가의 부인

아름다운 것

그렇게 넓은 우주 공간에

그리도 많은 생물 가운데에서

그리도 흔한 사람들 틈에

너는 여자

나는 남자로 태어나

까닭 모를 전쟁을

몇 번씩 치르고도

살아서 사랑한다는 사실

긴 역사에 비하면

아무것도 아닌 존재이지만

우리들에게는 너무나도 아름다운 재산

너와 내가 살아서

사랑한다는 일은

《시인의 사랑》(1997)

기다림

– 자기 1

너만 기다리게 했다고 날 욕하지 마라

나도 보이지 않는 곳에서

너만큼 기다렸다

이상하게도 같은 세월에

엇갈린 입장을

물에 뜬 섬처럼

두고두고 마주 보았다

《나도 보이지 않는 곳에서 너만큼 기다렸다》(1991)

불행한 행복

– 자기 3

아무도 갖지 못한 행복을

나 혼자 가졌다면

나는 얼마나 불행한 사람인가

가진 것이 죄라면

깨끗이 갖다 버려야지

항상 숨겨 두기만도 어렵고

혼자 써 버리기도 어렵고

남모르게 다 갖다 버려야지

숨겨 둔 행복은

쓰다가 꼭 들킬 것 같아서

남들이 불행할 땐

나도 불행해야지

《나도 보이지 않는 곳에서 너만큼 기다렸다》(1991)

기뻐서 죽는 일

- 자기 29

　밖에서 살다 보면 모두 도망친 발자국 그 속에 내 발자국도 끼어 있으니 이젠 돌아가 안에서 살자 내 안의 가족과 내 안의 이웃과 이루지 못한 사랑 이루며 이루지 못한 기쁨 이루며 내 안의 나와 내 안의 아내와 내 안의 세상에서 내 노래 부르며 죽는 날까지 아파하지 않는 내 안의 육신과 죽는 날까지 슬퍼하지 않는 내 안의 눈물과 하루도 빼놓지 않고 기쁘기만 하다가 기뻐서 죽는 것이 무어 어색하냐

《나도 보이지 않는 곳에서 너만큼 기다렸다》(1991)

아름다운 것들의 위치

– 어서도 34

이런 일을 생각해 보셨나요

진한 꽃이 화원에 있지 않고

먼 데 있는 까닭을

서울에서 하루 종일 가고

그곳에서 기다렸다 배를 타고

다음 날 또 기다렸다 배를 타고

이틀이나 사흘 만에 도착한 섬

여서도,

그렇게 온 것이 이상해서

마을 사람들이 '왜 왔느냐?'고

이유를 묻는데 반나절

절대로 왜 '가느냐?'고 묻지 않는 곳

외로움에 지쳐서 비워 둔 집

녹슨 함석지붕 뒤뜰에 모여 있는 동백나무

그 꽃을 보셨나요

보는 사람 없어도

가꾸는 사람 없어도

새가 따 먹어도 아무 소리 않고

소가 꺾어 먹어도 아무 소리 않고

보리밭 둑에도 피고

당집 뒤에도 피고

윗당 숲속에도 피고

산비탈 등대 옆에도 피고

그렇게 신이 나는 윤기를 보면

꽃이 꼭 사람 가까이 있어야 한다는 것은 아닙니다

그것을 보자고 거기까지 간 것은 아니지만

결국은 그것 때문에 간 꼴이 되었습니다

꽃은 그런 곳에 혼자 있어야 아름다웠습니다

당신이 가더라도

꽃을 혼자 있게 해 주십시오

《혼자 사는 어머니》(2001)

무아지경

어느 한 사람이
어느 한 사람을
세월도 모르고
불에도 타지 않는 의지로
사랑하고 있을 때
그들은 무아지경

난 나를 잊고
넌 너를 잊은 가운데
넌 나를 난 너를 사랑하는 경우
서로는 꽃 같은 무아지경
서로는 나비 같은 날개
날아도 날아도 닳지 않는 날개

《시인의 사랑》(1997)

그 사람을 사랑한 이유

– 백석과 자야 1

여기서는 실명이 좋겠다

그녀가 사랑한 남자는 백석白石*이고

백석이 사랑했던 여자는 김영한金英韓**이라고

한데 백석은 그녀를 자야子夜라고 불렀지

이들이 만난 것은 이십 대 초

백석은 시 쓰는 영어 선생이었고

자야는 춤추고 노래하는 기생이었다

그들은 삼 년 동안 죽자사자 사랑한 후

백석은 만주 땅을 헤매다 북한에서 죽었고

자야는 남한에서 무진 돈을 벌어

길상사에 시주했다

자야가 죽기 열흘 전

기운 없이 누워 있는 노령의 여사에게

* 백석(1912~1996): 시인
** 김영한(1916~1999): 대원각 주인

젊은 기자가 이렇게 물었다

– 천억의 재산을 내놓고 후회되지 않으세요?
'무슨 후회?'
– 그 사람 생각을 언제 많이 하셨나요?
'사랑하는 사람을 생각하는데 때가 있나'
기자는 어리둥절했다

– 천금을 내놨으니 이제 만복을 받으셔야죠
'그게 무슨 소용 있어'
기자는 또 한번 어리둥절했다

– 다시 태어나신다면?
'어디서? 한국에서?
에! 한국? 나 한국에서 태어나기 싫어
영국쯤 태어나 문학 할 거야'

– 그 사람 어디가 그렇게 좋았어요?
'천억이 그 사람의 시 한 줄만 못해
다시 태어나면 나도 시 쓸 거야'

이번엔 내가 어리둥절했다

사랑을 간직하는 데는 시밖에 없다는 말에

시 쓰는 내가 어리둥절했다

《그 사람 내게로 오네》(2003)

시가 있는 곳

5

그 자리

나만 아는 자리

그 자리

아니 다른 사람도 알고 있겠지만

그곳에서 시를 생각하는 일은 없을 것이다

나만은 시가 떠오르니까

삼각산 머리에 눈이 덮이고

내 머리엔 시가 덮이고

이렇게

나는 지금 눈을 밟으며 말라버린 백일홍 꽃대를 어루만지며

시를 생각하지만

여름이면 꽃이 피고 매미가 울기 때문에

내 마음의 변화도 계절처럼 오가는 것이다

그 자리에 와 있다

혼자다

혼자라는 데 힘을 준다

고독을 독점하듯

이 자리를 내가 독점하고 있다

《무연고》(2018)

시가 있는 곳

오래 살았다

살면서 많이 걸었다

그 증거로

헌 신을 모아 둘걸

시만 있는 곳을 찾아다닌 신발들

그들에게 나의 시론을 쓰라고 할걸

어딜 가면 시가 있고

어딜 가면 시가 없다는 것을

솔직하게 쓰리고 할걸

우도가 어떻더냐

신발에게 물어볼까

《저 별도 이 섬에 올 거다》(2004)

그것은 등대였다

등대는 별에서 오는 편지와 별에게 보내고 싶은 편지를 넣어 두는 우체통이다.

그래서 사람들은 혹시나 하고 등대를 찾아가고 별에게 보낼 편지를 넣으려고 등대를 찾아간다. 등대는 동심의 등불이요 추억의 등불이다.

나는 이 세상에서 가장 외로운 곳만 찾아다니고 싶어서 무수한 섬을 찾아다녔다.

그런데 섬에 가 보니 또 다른 섬이 있었다. 그것은 등대였다.

나는 이 외로운 우체통에 무슨 편지를 써 넣으며 그 편지는 별에게 잘 전달이 되었는지 확인하지도 않고 쓰기만 했다. 그중 어느 것 하나쯤은 별에 가 있겠지 하는 심정으로 쓰기만 했다.

– 〈자서〉 중에서 부분 발췌

《외로운 사람이 등대를 찾는다》(1999)

등대지기의 철학

— 등대 이야기 6

어떤 사람은 한 번도 등대를 본 적이 없다며

등대를 봤으면 하데요

그건 외로움을 봤으면 하는 갈망이죠

사람은 희망만 가지고 살 수 없다며

더러는 허망도 있어야 사는 맛이 난다고 하데요

이 절벽에서 생산되는 절망도 봐야 삶의 맛을 안다며

안경을 벗고 날 쳐다보네요

그런 때는 어느 철학 교수보다 멋이 있었어요

그럼 철인도 이곳에 와서 연구를 하더냐고 물었더니

철인은 등대지기뿐이라고 하데요

그는 새벽부터 쓸쓸한 안개를 등대 렌즈에 떼어 낸 다음

라면을 끓여 왔다

낮에 찾아왔을 때 당신은 어디 갔었느냐 했더니

갈 데가 어디 있겠느냐고 되묻데요

당신이 어딜 가면 등대가 싫어하지 않느냐 물었더니

그저 웃기만 하데요

《외로운 사람이 등대를 찾는다》(1999)

눈이 내릴 때

산山에 눈이 내린다

침묵沈默하라는 뜻이다
한잠 푹 자라는 뜻이다
부산한 생성生成에서
가사假死하라는 뜻이다
너무 거만했으니
자중하라는 뜻이다
너무 궁핍했으니
풍요하라는 뜻이다
가진 자 안 가진 자
평등하라는 뜻이다

《산에 오는 이유》(1999)

야생화

우도엔 야생화가 많다

아무도 그 꽃에 물을 주지 않는다

야생화는 버려져야 행복하다

버려진 민들레

버려진 엉겅퀴

버려진 메꽃이

하나도 버려져 있음을 모른다

그들은 사람의 집에 들어오고

화분에 뿌리를 묻을 때

비로소 버려진 것이 자유롭다는 것을 안다

《그리운 섬 우도에 가면》(2010)

이중섭의 독백

그림을 왜 그리지?
세상을 아름답게 하기 위해서
아름다움 속엔 자유가 있지
자유가 그리워서

원산에서 부산까지
아내랑 아이랑
따뜻한 남쪽나라
제주도 서귀포로

바다가 보이는군
이제 살 것 같아
바다에는 마음의 영토가 있지
저 영토에서 영원한 자유를 누릴 순 없나

여긴 총소리가 나지 않아서 좋아

여긴 미운 것들이 보이지 않아서 좋아

여긴 배고프지 않아서 좋아

바다가 보이는군

바닷속에서 그림을 그릴 순 없나

                – '이생진 시인 홈페이지'에서(2004.10.12.)

* 연극 '길 떠나는 가족' (김의경 작, 이윤택 연출) 에서 가져온 시상이다

발레리나의 발

– 강수진의 토슈즈

오늘 서점에서

강수진의 《한 걸음을 걸어도 나답게》를 샀다

표지의 매력은

뒤돌아선 허리에 매달린 토슈즈

이 책을 산 이유의 하나가 거기에 있다

그의 얼굴보다 그의 발이 보고 싶어서

그의 얼굴은 그의 토슈즈 속에도 있으니까

그의 투혼은 그의 발에서 읽어야 한다

그 발이 104쪽에 있다

나는 다음 날도 다음 날도

104쪽만 읽었다

그때마다 내 손을 봤다

그의 발에 비하면 내 손은 멀쩡하다

시를 쓴 흔적이 없다

밥 먹고 술 마시고 지껄이고

시를 쓰느라 고생한 흔적이 없다

책장을 넘기고 시를 쓰느라

손가락 마디마디가 울퉁불퉁 부풀었다면

나도 손을 내밀만 하겠는데

이제 보니 손이 부끄럽다

난 뭘 했나?

– '이생진 시인 홈페이지'에서(2017.8.9.)

위로하기 위하여

– 다시 다랑쉬굴 앞에서 2

시를 쓰는 일 이외에
시인이 할 수 있는 일은 무엇인가
시와 더불어 울고 웃는 일
남들이 저지른 죄를 찾아 사죄하는 일
바보처럼 엎드려 절하는 일
때리면 맞는 일

11년 전에 하고 싶었던 진혼 퍼포먼스를
오늘 다랑쉬 굴 앞에서 할 수 있어 다행이다
팽나무에 흰 무명천으로 그들의 날개를 달고
소지를 태워 가고 싶은 데로 가라는 축원
꽃과 떡과 술과 귤을 진설하고
정성껏 쓴 시를 읽으며 떠도는 영혼을 달래는 일
마치 내가 저지른 죄를 사죄하듯

'떠나던 날'*을 노래하고

'이어도 사나'**를 기타에 맞춰 부르고

나는 건을 쓰고 머리 숙여 눈물로 사죄한다

시인은 시를 쓰는 것으로 할 일을 다 한 셈인데

현장에서 소리 내어 읽는 이유는

아직도 풀리지 않은 가슴을 풀자는 것

가슴에서 풋내가 난다

가슴에서 보리피리 소리가 난다

가슴에서 따뜻한 찔레꽃 향기가 난다

《어머니의 숨비소리》(2014)

* 이생진 시
** 이생진 시

고흐를 위한 퍼포먼스

나는 지금 고흐를 할래요

고흐는 순간순간 하고 싶은 것이 많았어요

사이프러스를 보면 사이프러스를 그리고 싶고

술을 보면 술을 마시고 싶고

여자를 보면 여자를 안고 싶고

순간순간 하고 싶은 것이 많았어요

나는 지금 고흐를 할래요

아를에 있는 '노란 집'*에 가서

노란 목도리를 하고

노란 해바라기를 그리며

술을 마실래요

그러다가 밤이 되면 노랗게 취한

별이 되고 싶어요

나는 지금 고흐를 하고 있어요

별이 빛나는 밤

돈 매클린의 '빈 센트'를 들으며

고흐를 하고 있어요

《반 고흐, '너도 미쳐라'》(2008)

* 고흐가 고갱과 함께 기거한 아를의 '노란 집'

내가 백석白石이 되어

– 백석과 자야* 2

나는 갔다

백석이 되어 찔레꽃 꺾어 들고 갔다

간밤에 하얀 까치가 물어다 준 신발을 신고 갔다

그리운 사람을 찾아가는데

길을 몰라도 찾아갈 수 있다는

신비한 신발을 신고 갔다

성북동 언덕길을 지나

길상사 넓은 마당 느티나무 아래서

젊은 여인들은 날 알아채지 못하고

차를 마시며 부처님 이야기를 나누고 있었다

까치는 내가 온다고 반기며 자야에게 달려갔고

나는 극락전 마당 모래를 밟으며 갔다

눈 오는 날 재로 뿌려 달라던 흰 유언을 밟고 갔다

참나무 밑에서 달을 보던 자야가 나를 반겼다

느티나무 밑은 대낮인데

참나무 밑은 우리 둘만의 밤이었다

나는 그녀의 손을 꼭 잡고 울었다

죽어서 만나는 설움이 무슨 기쁨이냐고 울었다

한참 울다 보니

그것은 장발**이 그려 놓고 간

그녀의 스무 살 때 치마였다

나는 찔레꽃을 그녀의 치마에 내려놓고 울었다

죽어서도 눈물이 나온다는 사실을

손수건으로 닦지 못하고 울었다

나는 말을 못했다

찾아오라던 그녀의 집을 죽은 뒤에 찾아와서도

말을 못했다

찔레꽃 향기처럼 속이 타들어 갔다는 말을 못했다

《그 사람 내게로 오네》(2003)

*   백석은 젊었을 때 김영한을 '자야子夜'라고 불렀다.

** 장발(1901~2001): 서양화가, 호는 우석

그림

아무것이나
아무렇게나
그리는 것이 아니다

그림에서
소리가 나야 하고
그림에서
냄새가 나야 하고
그림에서
무지개가 떠야 하고

쓰러진 사람을 일으켜 세워야 하고
가 버린 사람을 돌아오게 해야 하고

모두 말없는 고독에서 나온 그림이다

어느 날 길 잃은 개미처럼 길을 잃었을 때 은행나무 밑에서 그림 그리고 있는 元선생*에게 길을 물었다. 당신의 그림 속에서 내가 내 길을 찾으려면 어떻게 해야 하느냐고 그랬더니

"당신도 연필을 들고 내 그림 속에 든 시를 그려 가라" 했다

그래서 나는 내 연필로 元선생의 그림 속에서 내 시를 그렸다

– 《개미》서문에서

연필이 토해 내는 고독을 읽으며 시를 그렸다. 시도 그림이니까.

연필과 고독 자고 일어나면 새가 울었다, 연필 그림에서도 새가 울었다.

그림은 늘 살아 움직였다. 낮에는 개미 거미 벌 나비 나방 모두 그림 그리듯 움직였다. 나도 그림을 찾아다니며 시를 썼다

– 《개미》후기에서

《개미》(2019)

* 원석연(元錫淵, 1922~2003): 연필만으로 그림을 그리는 서양화가

'97. 봄
만개도

보이지 않는 섬*

– 만재도 43

만재도에 가고 싶었는데

마을 사람들이 오지 말라고 했다

아니 만재도는 아무것도 아니라고 했다가

아예 만재도는 없다고 했다가

만재도는 당신의 꿈속에 있을 뿐이라고 했다

만재도에 갔다 온 사람도 쉬쉬했다

만재도를 숨기는 이유를 모르겠다

나도 만재도에 갔다 왔으면서 만재도는 없다고 했다

《하늘에 있는 섬》(1997)

* 이생진 시인은 만재도를 '하늘에 있는 섬'이라고 했다.

낚시꾼과 시인

－ 만재도 86

그들은 만재도에 와서 재미를 못 봤다고 했다

낚싯대와 얼음통을 짊어지고 배를 타기 직전까지도

그 말만 되풀이했다

날보고 재미 봤느냐고 묻기에

나는 낚시꾼이 아니고 시인이라고 했더니

시는 어디서 잘 잡히느냐고 물었다

등대 쪽이라고 했더니

머리를 끄덕이며 그리로 갔다

《하늘에 있는 섬》(1997)

우이도 · 혼자 살고 싶은 곳

내가 찾아가는 바닷가는

여행안내서에 있는 바닷가가 아니라

삼천 이백 개 섬 중에 가장 외롭고 작은 섬

사람이 그리워서 울먹이다가

오만분의 일로 작아지는 섬

배로 하루 걸어서 한나절 그런 바닷가

온종일 갈매기랑 놀다가

바닷물이 모래알에 빨려들어 가듯

나도 그렇게 빨려들면

게 한 마리 외롭다고 내 살을 꼬집는다

우이도 돈목 그런 마을

모래밭 십 리 길 맨발로 걸어가다가

발바닥이 뜨거워서 주저앉는 곳

나는 그런 데서 혼자 살고 싶더라

《섬마다 그리움이》(1992)

목포x우이도
2010. 도

우이도 · 오염되지 말라

오염되지 말라
외졌다고 서러워 해도
오염되지 말라

미역도 우뭇가사리도 오염되지 말고
모래밭도 발자국도 오염되지 말라

깻잎도 콩잎도 오염되지 말고
간장도 된장도 오염되지 말라

외롭다는 것은 아직 오염되지 않았다는 거
눈도 코도 입도 귀도 오염되지 말라

《섬마다 그리움이》(1992)

우이도 · 삼신

위급할 때 어머니는 어디다 빌었을까
삼신께 빌었다면
삼신은 어디 있었을까
도시의 종합병원은 하늘보다 멀고
보건소까지는 산을 두 개씩 넘어야 하는 마을
어머니는 어디다 빌었을까

동서남북 그 자리
칠 대조 내려오며 지켜본 별
그 별을 찾아 삼신께 빌었단다
어린아이 경풍에서
시아버지 중풍에 이르기까지
별을 보며 삼신께 빌었단다
네가 잔병 없이 자란 것도 그 덕이란다
너도 빌어라
가다가 길이 사납거든
너도 빌어라

《섬마다 그리움이》(1992)

빈 담뱃갑

내가 왜 담뱃갑을 주울까

담배 피우지도 않으면서

헌데 어린애처럼

담뱃갑을 보면 줍고 싶다

골초들이

한 개비 꺼내

불을 붙이고

연기를 뿜어내는

그 맛으로

시 한 줄 쓰고 싶다

비록 그것이

사라지는

연기일지라도

(미발표)

불에 타지 않는 꿈

– 운동화를 태우며

팽목항엔
아직 돌아가지 않은 운동화가 있다
보미가 불렀던 노래처럼
'난 꿈이 있었'기에
그 꿈을 어머니의 가슴에 묻어 두고 떠난
아들의 운동화를 태우는 어머니

운동화가 다 타 버리고
마지막 불씨가 사라졌는데도
사라지지 않는 목소리
'난 꿈이 있었죠'
그래그래
너에겐 꿈이 있었다
불에 타지 않는 꿈이 있었다

《맹골도》(2017)

서귀포 칠십리길

음

됐어

바다가 보이면 됐어

서귀포 칠십리길

어느 틈으로든

바다가 보이면 됐어

시가 밥처럼 씹히던 날

곁에 바다가 있다는 건

죽어서도 어머니 곁이라는 거

나는 쉽게 바다에 물들어서 좋아

음

됐어

바다가 보이면 됐어

《서귀포 칠십리길》(2009)

강江

산이 어떻게 들어갔을까
저 물속으로 들어가서
나오려 하지 않는다
산이 물속으로 들어가는 사이
구름도 따라가 떠오르지 않는다
강 속에 거꾸로 된 세상이
바로 된 세상보다 아름답다

긴 산맥이 잘리어
푸른 가지째 쟁반에 놓였다
서로 끊으면 외로워지는 것
외로움이란 살아서 죽음을 겪는 일
산이 목숨을 끊으려고
물속으로 들어갔다가
그곳이 좋아 나오려 하지 않는다

《시인과 갈매기》(1999)

아름다워

아름다워

그들은 살기 위해 먹지만

먹는 것이 아름다워

내가 시 쓰는 갯가를 돌며

굴 따고

조개 캐고

미역 따고

일하는 것이 아름다워

하루 종일 철썩거리는

파도 소리처럼 아름다워

먹는 소리가 아름다워

먹고 사는 소리가 아름다워

굳이 시를 쓰지 않아도

그들은 시처럼 아름다워

《우이도로 가야지》(2010)

아끈다랑쉬오름

해마다 내 곁으로 달려오는

김영갑*의 달력엔

아끈다랑쉬오름에서 무지개가 뜬다

나는 달력을 넘기다가 4월을 만나

무지개 뜨는 아끈다랑쉬오름에 올라가 시를 읽는다

'고씨지묘高氏之墓'

이 비석에 막걸리를 따라 놓고

할미꽃을 달래며

할미로 태어난 것을 서러워 말라는 시를 읽는다

고씨 무덤에 술을 따르고

나도 따라 마시며

낯도 모르는 고씨에게 시를 읽어 준다

막걸리도 나처럼 시를 마시고

다랑쉬오름 위에서 내려다보던 하늘도

풀밭으로 내려와 시를 마신다

이날은 산천초목이 다 시를 마신다

– '이생진 시인 홈페이지'에서(2009.2.22.)

* 김영갑(1957~2005): 제주도를 사랑한 사진작가

수석에 대한 죄

한때 수석 한답시고

먼 섬 자갈밭에서 침묵에 잠긴 돌을 깨워

배낭에 가둬 가져왔지

지금 아파트 13층 베란다에 50년째 가둬 두고 있는데

지금이라도 다시 짊어지고 가 그 섬 그 자리에 놔줘야 하
는데

이제 내 양심에 비해 힘에 부치네

내가 죽으면 그 돌도 누군가가 치워 버리겠지

나는 화장하면 재가 되지만 태워도 타지 않는 돌

그 원망을 고스란히 내가 안겠네

《무연고》(2018)

아내와 나 사이

아내는 76이고

나는 80입니다

지금은 아침저녁으로 어깨를 나란히 하고

걸어가지만 속으로 다투기도 많이 다툰 사이입니다

요즘은 망각을 경쟁하듯 합니다

나는 창문을 열러 갔다가

창문 앞에 우두커니 서 있고

아내는 냉장고 문을 열고서 우두커니 서 있습니다

누구 기억이 일찍 돌아오나 기다리는 것입니다

그러나 기억은 서서히 우리 둘을 떠나고

마지막에는 내가 그의 남편인 줄 모르고

그가 내 아내인 줄 모르는 날도 올 것입니다

서로 모르는 사이가

서로 알아 가며 살다가

다시 모르는 사이로 돌아가는 세월

그것을 무어라고 하겠습니까

인생?

철학?

종교?

우린 너무 먼 데서 살았습니다

– '이생진 시인 홈페이지'에서(2008.8.22.)

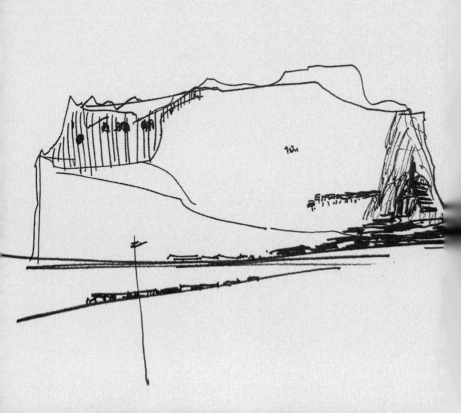

그리운 바다 성산포

6

연작시 〈그리운 바다 성산포〉

시집 《그리운 바다 성산포》는 총 81편의 연작시로 구성되었으며 1978년 첫 출판되었다. 이후로 45년 동안 꾸준히 독자들의 사랑을 받으며 낭송되고 있는 시집이다. 그중 20편을 선정하여 수록하였다.

– '그리운 바다 성산포' 우리글(2008)

머리말

햇빛이 쨍쨍 쪼이는 날 어느 날이고 제주도 성산포에 가거든 이 시집을 가져가십시오. 이 시집의 고향은 성산포랍니다. 일출봉에서 우도 쪽을 바라보며 시집을 펴면 시집 속에 든 활자들이 모두 바다로 뛰어들 겁니다. 그리고 당신은 이 시집에서 시를 읽지 않고 바다에서 시를 읽을 겁니다. 그때 당신은 이 시집의 시를 읽는 것이 아니고 당신의 시를 읽는 것입니다. 성산포에 가거든 이 시집을 가지고 가십시오. 이 시집의 고향은 성산포랍니다.

후기

이제 나는 한없이 기쁘다. 근 30년 바다와 섬으로 돌아다니며 얻은 시를 한 권의 시집으로 낼 수 있어 기쁘다. 이 시집을 가지고 성산포로 가야겠다. 일출봉 꼭대기에 앉아 파도 소리와 함께 목이 터져라고 이 시를 읽어야겠다.

> 시여 시여 잘 살아라
> 나보다 곱게 잘 살아라

— 1978 성산포에서

김명중 작

나는 해마다 1월 1일 아침 일찍 일출봉에 올라 목이 터져라 하고 시를 읽었다.

처음에는 50명, 100명 이렇게 이어지더니 급기야 1,000여 명이 모여든 적도 있다. 물론 새아침을 맞으러 모여든 것이지만 그들에게 〈그리운 바다 성산포〉는 커다란 힘이 되었다. 이제 일출봉에서의 시 낭송은 새벽 찬바람을 마시며 가파른 계단을 오르기가 힘들어 계속하지 못하고, 다랑쉬오름 아래 아끈다랑쉬오름에서 성산포를 내려다보며 시 낭송을 하고 있다.

이것만으로도 나는 행복하다

– 2008년 7월 10일

이생진

2 설교하는 바다

성산포에서는
설교를 바다가 하고
목사는 바다를 듣는다
기도보다 더 잔잔한 바다
꽃보다 더 섬세한 바다
성산포에서는
사람보다 바다가 더
잘 산다

6 산

성산포에서는

언젠가 산이 바다에게 항복하고

산도

바다처럼 누우리라

Hongdo
July 28, 1981

11 절망

성산포에서는
사람은 절망을 만들고
바다는 절망을 삼킨다
성산포에서는
사람이 절망을 노래하고
바다는 그 절망을 듣는다

16 여유

성산포에서는
사람보다 짐승이
짐승보다 산이
산보다 바다가
더 높은 데서
더 깊은 데서
더 여유 있게 산다

17 수많은 태양

아침 여섯 시
어느 동쪽에서도
그만한 태양은 솟는 법인데
유독 성산포에서만
해가 솟는다고 부산필 거야

아침 여섯 시
태양은 수만 개
유독 성산포에서만
해가 솟는 것으로 착각하는 것은
무슨 이유인가
나와서 해를 보라
하나밖에 없다고 착각해 온
해를 보라

24 바다를 담을 그릇

성산포에서는

바다를 그릇에

담을 순 없지만

뚫어진 구멍마다

바다가 생긴다

성산포에서는

뚫어진 그 사람의 허구에도

천연스럽게

바다가 생긴다

30 바다의 오후

바다는

마을 아이들의 손을 잡고

한나절을 정신없이 놀았다

아이들이 손을 놓고

돌아간 뒤

바다는 멍하니

마을을 보고 있었다

마을엔 빨래가 마르고

빈집 개는

하품이 잦았다

밀감나무엔

게으른 윤기가 흐르고

저기 여인과 함께 탄

버스엔

덜컹덜컹 세월이 흘렀다

35 아침 낮 그리고 밤

오늘 아침

하늘은 기지갤 펴고

바다는 거울을 닦는다

오늘 낮

하늘은 낮잠을 자고

바다는 손뼉을 친다

오늘 저녁

하늘은 불을 끄고

바다는 이불을 편다

37   저 세상

저 세상에 가서도
바다에 가자
바다가 없으면
이 세상에 다시 오자

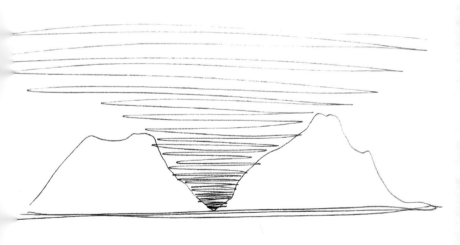

47 섬 묘지

살아서 무더웠던 사람
죽어서 시원하라고
산꼭대기에 묻었다

살아서 술 좋아하던 사람
죽어서 바다에 취하라고
섬 꼭대기에 묻었다

살아서 가난했던 사람
죽어서 실컷 먹으라고
보리밭에 묻었다

살아서 그리웠던 사람
죽어서 찾아가라고
짚신 두 짝 놔두었다

52 무명도無名島

저 섬에서

한 달만 살자

저 섬에서

한 달만

뜬 눈으로 살자

저 섬에서

한 달만

그리운 것이

없어질 때까지

뜬 눈으로 살자

54 부자지간

아버지 범선 팔아
발동선 사이요

얘 그것 싫다
부산해 싫다

아버지 배 팔아
자동차 사이요

얘 그것 싫다
육지 놈 보기 싫어
그것 싫다

아버지 배 팔아
어머니 사이요

그래

뭍에 가거든

어미 하나 사자

59 아부

몇 줄의 시를 쓰기 위해
창경원 꽃사슴에게 아부하고
며칠을 더 살기 위해
세월에 아부했다 치더라도
바다 앞에서는
내가 아부할 수 없다

63 넋

파도는 살아서 살지 못한 것들의 넋
파도는 살아서 피우지 못한 것들의 꽃

지금은 시새워할 것도 없이
돌아선다

사슴이여 살아 있는 사슴이여
지금 사슴으로 살아 있는 것은
얼마나 행복하냐
꽃이여 동백꽃이여
지금 꽃으로 살아 있는 것은
얼마나 아름다우냐

사슴이 산을 떠나면 무섭고
꽃이 나무를 떠나면 서글픈데
물이여 너 물을 떠나면

또 무엇 하느냐

저기 저 파도는 사슴 같은데
산을 떠나 매 맞는 것
저기 저 파도는 꽃 같은데
꽃밭을 떠나 시드는 것

파도는 살아서 살지 못한 것들의 넋
파도는 살아서 피우지 못한 것들의 꽃

지금은 시새움도 없이 말 하나 않지만

64 사람이 꽃 되고

꽃이 사람 된다면

바다는 서슴지 않고

물을 버리겠지

물고기가 숲에 살고

산토끼도 물에 살고 싶다면

가죽을 훌훌 벗고

물에 뛰어들겠지

그런데 태어난 대로

태어난 자리에서

산신山神에 빌다가 세월에 가고

수신水神에 빌다가 세월에 간다

65 낮에서 밤으로

일출봉에 올라 해를 본다

아무 생각 없이 해를 본다

해도 그렇게 나를 보다가

바다에 눕는다

일출봉에서 해를 보고 나니

달이 오른다

달도 그렇게 날 보더니

바다에 눕는다

해도 달도 바다에 눕고 나니

밤이 된다

하는 수 없이 나도

바다에 누워서

밤이 되어 버린다

67 풀 되리라

풀 되리라
어머니 구천에 빌어
나 용 되어도
나 다시 구천에 빌어
풀 되리라

흙 가까이 살다
죽음을 만나도
아무렇지도 않은
풀 되리라

물 가까이 살다
물을 만나도
아무렇지도 않은
풀 되리라

아버지 날 공부시켜

편한 사람 되어도

나 다시 공부해서

풀 되리라

78 삼백육십오 일

삼백육십오 일

두고두고 보아도

성산포 하나 다 보지 못하는 눈

육십 평생

두고두고 사랑해도

다 사랑하지 못하고

또 기다리는 사람

79 그리운 바다

내가 돈보다 좋아하는 것은
바다
꽃도 바다고 열매도 바다다
나비도 바다고 꿀벌도 바다다
가까운 고향도 바다고
먼 원수도 바다다
내가 그리워 못 견디는 그리움이
모두 바다 되었다

끝판에는 나도 바다 되려고
마지막까지 바다에 남아 있다

내가 가장 좋아하는 것은
바다가 삼킨 바다
나도 세월이 다 가면
바다가 삼킨 바다로
태어날 거다

81 바다에서 돌아오면

바다에서 돌아오면

가질 것이 무엇인가

바다에선 내가 부자였는데

바다에서 돌아오면

가질 것이 무엇인가

바다에선 내가 가질 것이

없었는데

날아가는 갈매기도

가진 것이 없었고

나도 바다에서

가진 것이 없었는데

바다에서 돌아가면

가질 것이 무엇인가

〈단체 소개〉

진흠모珍欽慕

　진흠모는 '이생진 시인을 흠모하는 모꼬지'의 약자로 '모꼬지'란 모임을 나타내는 순우리말이다. 2000년 12월 21일 이생진 시인은 故 박희진 시인과 함께 인사동 '아트사이드' 카페에서 시낭송회를 시작하였다. 2007년 인사동 '보리수' 까페에서 이생진 시인께서 박희진 시인과 시낭송 모꼬지를 진행하고 있을 때 양숙, 현승엽, 이윤철, 박동율, 편부경, 김소양, 박산, 조이령, 장상희 등에 의해 시인 이전의 '인간 이생진'의 삶과 철학을 공경하여 지속적으로 시를 읽자는 의미로 자발적 모꼬지인 '진흠모'가 결성되었다.

　'시인학교'(2002년12월~2003년 1월), '보리수'(2003년 2월~2010년 5월)를 거친 후, 2010년 6월 25일 카페 '순풍에 돛을 달고'로 옮겨 이생진 시인 단독(진흠모 주관)으로 시낭송회를 열고 회원들도 낭송에 동참하게 되었다. 이후 2015년 10년 30일 갤러리 카페 '시가연'으로 옮긴 후, 지금까지 '생자 이생진 시인과 함께하는 인사동 시낭송회'를 열고 있다. 멀리 제주를 비롯해서 전국, 심지어 외국에서도 나이와 직업을 초월해서 참가하는 '이생진 시인의 시'를 사랑하는 회원들 모임인 '이생진 시인의 시를 사랑하는 회원들의 모꼬지' 는 2000년부터 시작하여 2023년 6월에 260회를 맞았다.

진흙모는 2015년부터 매년 詩 무크지 〈인사島 진흙모 이야기〉를 발행하고 있으며, 2023년 6월로 9호를 출판하면서 인사동에서 시와 함께 일반 독자들이 참가하는 문화의 장을 펼치고 있다. 2019년 2월 '인사동TV'(네이버/유튜브)를 개국하여 미래의 인사동 문화 르네상스를 지향하고 있으며 김명중 PD가 촬영과 편집을 맡고 있다.

정규 모꼬지는 매월 마지막 금요일 오후 7시 서울 종로 인사동14길에 위치한 '갤러리 카페 시가연詩/歌/演'에서 개최하고 있다. 시를 사랑하는 이는 누구나 자유로이 참가하여 진흙모 동인들의 낭송과 가수들의 노래와, 구순을 향유하신 이생진 시인의 시낭송과 철학이 내포된 삶의 지혜를 배우며, 혼이 담긴 퍼포먼스를 함께하실 수 있다.

14년 4월 25일 '순풍에 돛을 달고'에서 시낭송 모임 측부터 박희진 시인, 황금찬 시인, 이생진 시인

2023. 6. 30. 95세 생신축하연. 시가연에서 진흙모 13회 생일. 인사도 9호 발간 축하연

* (사진 김명중 작)

<축시>

生子*와 지팡이

박 산**

걷기 전도사 생자께서
언제부턴가 지팡이를 짚고 다니신다

하루 15,000보를 실천하는
아흔넷 어르신께서
인사島 詩/歌/演 진흠모 모꼬지
테이블 의자 밑에 내려놓은 지팡이
혹여 걸려 넘어지실까
맞은편 벽 한 귀퉁이에 세워 놓았는데
어느새 지팡이 찾아 무대에 오르셨다

아흔넷 연세에 하루 15,000보는 무리 아닌가
"선생님, 7,000보 만 걸어도 좋답니다!"
둘이 있을 때는 자분자분 말씀드리지만
생자의 지팡이는 오늘도 7,500번 땅을 짚는다

쥔 닮아 가느다란 지팡이는

외양과 다르게 힘차고 붉은 정열 뿜어

15,000보의 모터를 가동 중이다

– 2022년 6월

진흙모 생일에

이생진 시인 95세 생신, 진흙모 260회 단체사진. 인사동 시가연에서, 2023. 6. 30.   * (조재형 작)

* 生子 이생진(1929~): 인사동에 배를 띄우고 등대를 세워 '인사島'
  섬을 만든 섬 시인

** 진흙모 회장

詩宅 어르신[*]께

양 숙^{**}

몸소 실천하시고
느을 당부하시기에
가슴에 와 닿습니다

'슬퍼하지 말고'
'미워하지 말고'
'감사하며 살아라'

미워하지 않는 일은
연습이 좀 됐습니다
건강히 일하며 살아가니
정말로 감사합니다

그런데
제주 4.3 다랑쉬굴
이재수 아홉 살

광주 5.18 민주 항쟁

전재수 열 살

왜 그 어린것들에게

차마, 설마, 도저히

인간으로서 할 수 없는……

슬퍼하지 말아야지

다짐에 다짐을 해도

자꾸 눈물이 납니다

제가 인간이란 사실에

참으로 슬퍼집니다

* 詩宅 어르신: 이생진 시인

** 진흙모 편집장

제주 4.3 때 다랑쉬굴에 가둬 죽인 11명을 위해 2000년부터 20년 넘게 다랑쉬굴을 찾아 詩로 슬픈 영령들을 위로하는 진혼제를 하고 계십니다.

제주 4.3 다랑쉬굴 열한 명의 혼령을 위한 헌화   * (이명해 작)

진혼무 박연술, 진혼가 〈섬 묘지〉 천승현, 2019년 다랑쉬굴 시혼제

                                                    * (이명해 작)

진혼시 이생진 낭송, 진혼가 현승엽, 촬영 김명중, 2019년 다랑쉬굴 시혼제

* (이명해 작)

2023년 4월 15일, 다랑쉬굴 시혼제, 구좌문학회와 함께　　　　　* (김명중 작)

시詩 할아버지[*]

박호현

시 할아버지는
시를 쓰시는 할아버지

나는 아홉 살
시 할아버지는 아흔 살
내 나이의 열 배

내가 아흔 살이 되면
시 할아버지는 백일흔한 살

내가 백일흔한 살이 되면
시 할아버지는 이백쉰두 살

박호현, 이생진 시인, 함마니 이명해
(2018년 6월 구순연에)

* 2018년 이생진 시인님의
  구순연 때 낭송한 박호현 자작시

공짜

박호현[*]

선생님께서 세상에 공짜는 없다고 하셨다
그러나 공짜는 정말 많다

공기 마시는 것 공짜
말하는 것 공짜
꽃향기 맡는 것 공짜
하늘 보는 것 공짜
나이 드는 것 공짜
바람 소리 듣는 것 공짜
미소 짓는 것 공짜
꿈도 공짜[**]
개미 보는 것 공짜[***]

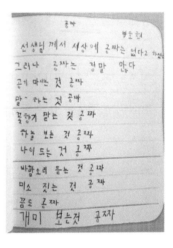

– 2018. 7. 20.

[*] 부산발도르프학교 2학년. 진흙모 최연소 회원(현 부산 연제중학교 1학년)

[**] 이생진 선생님께서 "꿈도 공짜지~!" 하시며 시심을 보태 주셨다.

[***] 본 시집에는 박호현 어린이가 13년 동안 모은 세뱃돈이 시를 사랑하
는 마음과 함께하였습니다.

어느 시인

외로운 섬들 사이에서 홀로 밤바다를 밝히던
등대의 불빛 같은 내적 성찰의 시선

질풍노도를 거친 심연의 고요와
침잠의 세계에서 만난 명상의 순간

적막한 사막과 광야의 푸르른 여명에
불어오는 바람 소리와 같은 구도적 소명

삶의 고통과 슬픔과 절망을 거치며 써 내려간
붉디붉은 동백꽃빛 연정

감히 가늠할 수 없는 자유로운 사유의 폭과 깊이로
생명과 인연과 감성을 표현한 시적 은유

살아 낸 긴 날들과

걸어온 긴 시간들과

견디어 온 긴 인연들이

녹아들어 뽑아낸

삶의 명주실 같은 시어들

시적 본질의 바닥을 차고 오른 생생한 치유의 시들과 함께

시인은 묵묵히 아름다운 황혼의 순간을 살아가고 계시다.

시가 삶이고, 생명이고, 명상이 되어 버린 어느 시인

이생진 선생님

시심으로 키운 큰 나무로 큰 그늘을 만들어 주셔서

참, 고맙습니다.

삶이 있는 그대로 저의 종교가 되고

철학이 되고 시가 되고

마지막에는 오롯한 저 자신이 되도록

열심히 살아 내겠습니다.

사랑합니다.

− 2023. 5. 15.

스승의 날에 부산에서 호현 함마니 이명해 올림

〈후기〉
숨은 진주를 캐는 즐거움

누군가의 전 생애를 아우르는 작품들을 통해 그 사람의 삶과 철학을 추론해 내는 작업은 매우 조심스러운 시작이었다. 인간은 오감의 인식에 의해 객관적으로 대상을 정확히 판단하기가 결코 쉽지 않다. 특히 지극히 주관적이고 감성적인 표현의 자유가 시의 탄생에 발화점이 된다는 점에서, 한 시인의 작품에 대한 타인의 평가가 중대한 오류를 범할 가능성이 있음을 알기에, 시 선정 작업 내내 갈등과 우려가 심리적 압박으로 함께했다.

어린이를 비롯한 젊은이들에게, 맑은 공기와 들판의 바람 같은 청정하고 강인한 생명력을 심어 주고 싶다는 의도와 소망으로 시작한 일이었다. 그런데 점점 시의 선정이 늘어날수록, 막막한 사막의 밤을 지나 망망대해로 나아가는 항해가 되었고, 외로운 섬에서 풀벌레가 되고 들꽃이 되고 등대가 되고 갈매기가 되더니, 결국은 한 줄기 바람이 되어 자유롭게 시공간을 넘나들었다.

갇힘 없는 관념과, 사유의 폭과 깊이가 이생진 시인의 시에 숨겨져 있다가 본색을 드러내며, 가늠할 수 없는 광활한 시의 세계를 펼쳐 보여 주었다. 자연과 사랑, 종교와 철학, 이 모든 것이 용해된 시인의 시혼詩魂이 날아다니는 시의 우주에서, 시를 읽는 그대들은 미아가 되지 않기를 바란다. 어느 방향이든 종합예술가 이생진 시인의 시를 만난다는 것은 행운이나, 방향의 선택과 숨은 진주를 캐는 즐거움은 오롯이 읽는 이의 몫이다.

– 진흙모, 이명해

〈닫는 시詩〉
나만의 우화

나는 시를 가지고

무엇에 도전하려 하지 않는다

처음부터 입을 다물고 나온 봉제 인형처럼

그저 내게 있어만 주면 하는 그런 거

그러면서 60을 넘기고 70

이제 80에 이르러 이런 생각이 든다

시의 그늘에 살았구나 하는 생각

생태계의 계열에서 그저 식물이고 곤충이고

공기와 햇볕을 주고 받는 그런 관계

그런 관계로만 살았어도 행복하구나 하는 거

이건 나만의 우화

자랑하진 말아야지

'이생진 시인 홈페이지'에서 (2007.1.21.)

〈이생진 시인 작품 연보〉

- 시집

1955년 《산토끼》

1956년 《녹벽》

1957년 《동굴화》

1958년 《이발사》

1963년 《나의 부재》 성문사

1972년 《바다에 오는 理由》 정진사

1975년 《自己》 대제각

1978년 《그리운 바다 성산포》 신도출판사

1984년 《山에 오는 理由》 대제각

1987년 《섬에 오는 이유》 청하

　　　　《시인의 사랑》 혜진서관

　　　　《그리운 바다 성산포》 동천사

1988년 《나를 버리고》 한국문학사

1990년 《내 울음은 노래가 아니다》 청하

1991년 《시인이 보내온 사랑의 편지》 혜진서관(《시인의 사랑》
　　　　보증판)

《나도 보이지 않는 곳에서 너만큼 기다렸다》동천사
《自己》재발간)

1992년 《섬마다 그리움이》동천사

1993년 《구름 한 점 떼어주고》우이동13 작가정신

1994년 《불행한 데가 닮았다》동천사

《서울 북한산》평화출판사

1995년 《동백꽃 피거든 홍도로 오라》동천사

《먼 섬에 가고 싶다》평단문화사

1997년 《일요일에 아름다운 여자》동천사

《하늘에 있는 섬》작가정신

1998년 《거문도》작가정신

1999년 《섬에 가는 이유》평단문화사

《외로운 사람이 등대를 찾는다》작가정신

2000년 《그리운 섬 우도에 가면》책이있는마을

2001년 《혼자 사는 어머니》책이있는마을

《개미와 베짱이》수문출판사

2003년 《그 사람 내게로 오네》우리글

2004년 《김삿갓, 시인아 바람아》우리글

2006년 《인사동》우리글

2007년 《독도로 가는 길》우리글

2008년 《반 고흐, '너도 미쳐라'》우리글

《그리운 바다 성산포》 우리글

2009년 《서귀포 칠십리길》 우리글

2010년 《우이도로 가야지》 우리글

2011년 《실미도, 꿩 우는 소리》 우리글

2012년 《골뱅이@이야기》 우리글

2014년 《어머니의 숨비소리》 우리글

2016년 《섬사람들》 우리글

2017년 《맹골도》 우리글

2018년 《무연고》 작가정신

2019년 《개미》 원석연 그림 열화당

2021년 《나도 피카소처럼》 우리글

– 시선집

1999년 《詩人과 갈매기》 한국문학도서관

2004년 《저 별도 이 섬에 올 거다》 우리글

2012년 《기다림》 육필 시선집 지식을만드는지식(지만지)

– 시화집

1997년 《숲속의 사랑》 이생진 시 · 김영갑 사진 하날오름

2002년 《제주, 그리고 오름》 이생진 시 · 임현자 그림 책이있는
마을

2010년　《제주》 이생진 시 · 임현자 그림 우리글

　　　　《숲 속의 사랑》 이생진 시 · 김영갑 사진 우리글

2012년　《詩가 가고 그림이 오다》 이생진 시 · 박정민 · 그림 류가헌

– 수필집 및 편저

1962년　《아름다운 天才들》 신태양사

1963년　《나는 나의 길로 가련다》 경문출판사

1997년　《아무도 섬에 오라고 하지 않았다》 작가정신

2000년　《걸어 다니는 물고기》 책이있는마을

– 서문집

2018년　이생진 구순 특별 서문집 《시와 살다》 작가정신

(작품 연보 인사동TV 김명중 PD 작성)

〈개정증보판〉

시詩, 실컷들 사랑하라

초   판 1쇄 발행일 2023년 8월 3일
개정증보판 1쇄 발행일 2023년 9월 5일

지은이 이생진
그   림 이생진
펴낸이 양옥매
디자인 송다희 표지혜
마케팅 송용호
기   획 진흥모 편집실, 박호현, 이명해
교   정 조준경

펴낸곳 도서출판 책과나무
출판등록 제2012-000376
주소 서울특별시 마포구 방울내로 79 이노빌딩 302호
대표전화 02.372.1537   **팩스** 02.372.1538
이메일 booknamu2007@naver.com
홈페이지 www.booknamu.com
ISBN 979-11-6752-352-5 (03800)